우정 시뮬레이션을
시작하시겠습니까?

우정 시뮬레이션을
시작하시겠습니까?

초판 1쇄 발행 2024년 4월 8일

글 하유지

편집장 천미진 | **편집책임** 최지우 | **편집** 김현희
디자인책임 최윤정 | **마케팅** 한소정 | **경영지원** 한지영

펴낸이 한혁수 | **펴낸곳** 도서출판 다림 | **등록** 1997. 8. 1. 제1-2209호
주소 07228 서울시 영등포구 영신로 220 KnK 디지털타워 1102호
전화 02-538-2913 | **팩스** 070-4275-1693 | **전자 우편** darimbooks@hanmail.net
블로그 blog.naver.com/darimbooks | **다림 카페** cafe.naver.com/darimbooks

ISBN 978-89-6177-329-4 (43810)

이 도서는 2024년도 한국문화예술위원회 아르코문학창작기금 발간지원 사업에 선정되어 발간되었습니다.

우정 시뮬레이션을
시작하시겠습니까?

하유지 장편 소설

다림

차례

친구 때문에 고민된다면

누군가와 친해지고 싶을 때 어떻게 하세요?

저는 그 사람을 친절하고 다정하게 대해요. 메시지를 보내고, 마음을 담아 작은 선물을 준비하기도 하죠. 그렇게 조금씩 우정을 쌓다 보면 또 이런 고민도 하게 돼요. 내가 혹시 말실수한 건 없을까? 나 때문에 귀찮지는 않았을까? 그때 하면 딱 좋았을 말이 지금 생각났어! 항상 조바심과 아쉬움의 연속이죠.

인간관계는 참 어렵습니다. 서로 생각이 다르기 때문일까요, 내 맘대로 하고 싶은 욕심 때문일까요. 친한 사이라 해도 상대의 말과 행동을 예측하기는 쉽지 않아요. 어쩌면 당연하죠, 나도 나를 잘 모르는데 어떻게 다른 사람을 훤히 들여다볼 수 있겠어요.

이처럼 어려운 인간관계에 조언자가 있다면 도움을 받으시겠어요? 그런데 그 조언자가 인공 지능 앱이라면요? 누구와 친구가 될지, 어떻게 하면 그 친구 마음에 들지 조언해 주는 앱 말이에요. 그런 앱을 휴대폰에 설치한 사람이 있습니다. 바로 이 이야기의 주인공, 지안이에요. 지안은 어떤 상황에서 앱을 사용하게 될까요? 이야기 끝에 다다랐을 때, 어떤 변화를 겪게 될까요?

지안이가 겪을 일이 궁금하다면 다음 페이지를 넘겨 주세요.

그럼 지금부터 우정 시뮬레이션을 시작하겠습니다!

프롤로그

"나지안! 너, 메이트 안 한다고 했지? 사실이야?"

은서가 갈림길에서 멈춰 서더니 물었다.

'나지안'이라는 첫마디부터 심상치 않았다. 은서가 내 이름을 성까지 붙여서 부르기는 처음이었다. 그건 수능을 대학 수학 능력 시험이라고 부르는 것만큼이나 예외적이고 성가신 일이다. 은서와 나 사이로 땅이 쩍 갈라지기라도 하듯 아득한 거리감이 생겼다. 그리고 더 심각한 이름, 메이트. 메이트는 월요일 아침 1교시의 수학 시험처럼 한사코 피하고 싶은 주제였다. 이제 마지막으로, '사실이야?' 차례다. '진짜야?'나 '정말이야?'란 말만 들었어도 움찔했을 텐데,

'사실'이란 딱딱하고 날카로운 단어를 사용하다니. 다른 사람도 아닌 은서가, 다른 사람도 아닌 나에게.

은서는 단단히 화가 난 듯했다. 지난 며칠간 분위기가 이상하다 싶었는데, 메이트 때문이었을까?

"뭐? 그게, 음, 그, 그렇겠지?"

나는 대답이랍시고 몇 마디를 웅얼거렸다.

"그렇겠지…?"

마지막 말을 따라 하는 은서. 그래, 나도 그 말 참 끔찍하다고 생각하던 차였어.

"그러니까 은서야, 내 말은…"

물론 메이트의 예측에 이런 상황도 포함되어 있었다. 메이트는 일찍이 서너 달쯤 전에, 은서가 나를 의심하면 일단 부인하라고 조언했다. 펄쩍 뛰며 억울한 척할 필요도 없고, 침착하고 자연스럽게 굴라고 말이다. 추천 대사가 뭐였더라? 왜 그렇게 생각하는지는 몰라도 아무튼 오해야, 그런 느낌이었는데. 거울을 보며 연습까지 했지만 예상치 못한 실전에서는 방전된 휴대폰처럼 쓸모가 없다. 틀리기를 바란 예측, 써먹을 일이 없기만을 기도하면서 한 연습이어서일까.

"네 말은 뭐? 솔직하게 말해."

찬 바람이 불어와 머리카락을 흩날렸다. 서로를 바라보는 눈빛의 밀도는 같았지만 빛깔이 달랐다. 은서는 실망 직전의 긴장감, 나는 절망 직전의 위기감. 내 휴대폰이 진동한다. 혹시, 메이트? 이런 상황 속에서도 메이트라면 어떤 해결책을 내놓을까, 알아보고 싶은 충동에 손이 근질거렸다.

은서가 가벼운 한숨과 함께 자기 휴대폰을 내밀었다. '장난이야! 놀랐지?' 같은 말이 쓰여 있기를 고대하며 목을 빼고 휴대폰을 살폈다. 백산하와 나의 연애 적합도를 그래프로 표현한 메이트의 예측, 그 캡처 화면이었다.

"어? 이거 누구한테 받았어? 김채린? 서효주?"

내뱉어 놓고는 아차, 싶어서 입을 다물었지만 때는 늦었다. 강추위에 얼어붙은 창문도 나보다는 현명할 것이다. 녀석은 입이 없어 말을 못 하니까. 지금 같은 경우라면 차라리 그편이 낫겠다.

"그 말, 너도 메이트를 한다는 뜻이지?"

"그, 그건 그렇지만…."

은서 너를 두고 시뮬레이션하진 않았어, 하는 거짓말은 목구멍 안쪽으로 삼켰다. 나는 태연하고 능청스럽게 둘러대는 내 모습을 상상하며 얼굴을 붉혔다. 부끄러움과 죄책감이 사실대로 털어놓으라고, 전부가 안 되겠으면 일부라도 고백하라며 양심을 다그쳤다.

"미안해, 은서야. 미안해."

하지만 변명도 못 될, 이 말만 중얼거리고는 고개를 숙였다. 얇은 점퍼 위로 드러난 목덜미를 스산한 바람이 훑고 간다. 이대로 얼음덩어리나 돼 버릴까. 은서 표정이 얼음보다 더 차가우면 어쩌지, 싶어서 얼굴을 들 수가 없다.

"또치 얘기도 메이트가 알려 준 거지?"

은서의 말이 날아든 귀부터 얼어붙기 시작해 발끝까지 한기가 내려오는데, 겨우 발가락이나 꼼지락대는 나.

"우리가 한 얘기도 다 메이트가 시킨 거야? 시키는 대로 한 거냐고!"

"그건 절대 아니야!"

나는 튕기듯 고개를 들며 외쳤다. 은서야, 진짜 그건 아니야. 메이트가 널 추천해 줬지만, 중요한 고비마다 메이트의 도움을 받았지만, 우리가 나눈 이야기와 우리가 보낸 시간이 죄다 메이트의 설계는 아니었어. 그중 대부분은 내 진심이었단 말이야. 하지만 입이 떨어지지 않았다. 첫걸음부터 메이트의 조언에 따른 관계였다면 은서에게 진심으로 보일 구석이 있기나 할지, 나조차도 의심스러웠다.

"처음부터 메이트 때문에 나한테 접근한 거였구나? 그렇지?"

접근. 은서가 파악한 사실과 진실이 응축된, 이 세상에서 가장 무거운 금속처럼 내 안으로 떨어져 내리는 단어. 마음속에 거대한 구덩이가 뚫린다. 나는 지금, 친구를 잃어가는 중이다. 다정하고 똑똑하며 진지하고 너그러운 강은서를.

은서는 무겁고 무서운 말을 하고도 무언가 기다리는 눈빛으로 나를 바라보았다. 1초, 2초, 3초… 영원한 시간이 흘러갔다. 나는 마른 입을 달싹이며 반 발짝쯤 은서에게 다가간다. 무슨 말이든 해야 하는데도 막막할 뿐이었다.

손발에서 땀이 배어 나오면서 머릿속이 하얘졌다. 내 안에는 준비된 진심이 없었다. 진심은 냄비에 쏟아붓고 끓이기만 하면 되는 부대찌개 밀 키트가 아니니까, 기슭에서부터 봉우리까지 한 걸음씩 오르는 산과도 같으니까. 산 중턱부터는 내 힘으로 올랐다 해도, 초반에는 메이트라는 케이블카를 탔다. 그랬으면서도 케이블카 표를 뒷주머니에 숨기고 아닌 척 시치미를 떼 왔다. 한마디로 정리하자면, 2학기 내내 은서를 속인 것이다. 이제 한 달쯤 지나면 졸업이다.

은서 눈에 눈물이 어렸다. 언젠가 버스에서 또치 이야기를 했을 때처럼, 처음으로 마음을 열어 보인 그때처럼. 친구

마음이 닫혀 가는 모습을 보면서도 나는 아무 말도 하지 못했다. 어쩌면 진심의 봉우리라는 건 없고, 끝없이 오르내리는 산등성이만 있는지도 모르겠다. 나는 산등성이 저 아래로 추락하는 중이었다.

은서는 뒤돌아 걸어갔다. 내가 선물한 고슴도치 인형이 가방에서 흔들린다. 뾰족한 가시라도 붙잡아 보려고 손을 뻗지만 닿지 않는다. 가지 마, 은서야. 이렇게 나만 두고 가지 마.

은서가 길모퉁이를 돌아 사라지고 나서야, 은서를 떠나보낸 사람이 나라는 사실을 깨달았다.

이 모든 일이 시작된 것은 3학년 첫날, 3월 2일이었다.

1장

3월 2일이 없어졌으면 좋겠어

알람이 울리기 직전, 눈을 떴다.

새별중 3학년 2반으로 등교하는 첫날, 3월 2일 아침 7시
9분.

밤새 뒤척이다가 창밖이 어슴푸레 밝아 올 무렵에야 잠
들었다. 겨울 방학 내내 늦게 자고 늦게 일어났더니 밤낮이
뒤바뀐 데다가, 간밤에는 특히 고뇌가 깊어 잠을 설쳤다. 개
학만으로도 우울한데 친한 친구가 한 명도 없는 새 학년 새
반이라니.

며칠 전, 반 배정표를 확인하고부터 부글거리기 시작한
불안과 짜증이 최고 온도에 도달했다. 지금부터 1시간 20

분 뒤에는 낯선 교실에서 아예 모르거나, 모르는 것이나 마찬가지인 아이들 틈에 섞여 있어야 한다. 중학생 노릇도 올해가 마지막인데 그동안 인생을 헛살았는지, 3월 2일은 여전히 우울하고 난감하다.

커튼 틈으로 바깥을 내다본다. 키 높은 나무와 맑은 하늘, 구름 약간, 날아다니는 새. 흔하고 느슨한 풍경이다. 지구 멸망이나 외계 생명체의 침공, 다른 세계로 이동하는 차원의 문 등등, 환상적이면서도 합리적으로 학교를 빼먹을 대사건은 코빼기도 내비치지 않았다.

베개 옆에 둔 휴대폰이 울린다.

마른하늘의 번개처럼 몸을 번뜩여 휴대폰을 확인했지만, 메시지 발신처는 동네 안경원이다. 나지안 고객님, 생일을 축하드리며 20퍼센트 할인 쿠폰을 발급해 드리오니… 안경을 맞춘 지 얼마 되지도 않은 난 됐거든요, 하고 알림창을 지웠다.

그렇다, 오늘은 내 생일이다.

1년 중 가장 기분이 저조한 날에 태어난 나지안. 아, 반대겠구나. 생일에 상태가 제일 나쁜 나지안. 철없던 시절에는 하필 이런 날에 나를 낳았느냐며 엄마를 탓하기도 했다. 엄마는 1년마다 돌아오는 새출발을 버거워하는 나를 안타까워하면서도, "낳는 거에만 정신이 팔려서 날짜까지는 신경을 못 썼지. 그래도 생일이 주말일 때도 있잖아?"라며 빠져나갔다. 엄마 말대로 3월 2일이 휴일과 겹치면 그나마 다행이지만, 애석하게도 평일일 때가 훨씬 더 많았다.

소라와 소연이가 있는 단톡방에 들어간다. 어린이집과 유치원을 합친 5년에 초등학교 6년과 중학교 2년까지 총 13년에 이르는 사회생활을 통틀어 둘 남은 친구, 소라와 소연이. 올해에는 나 빼고 둘만 같은 반이 됐다. 새 학년이라는 정글이 개방되는 3월 2일에 누군가 내 생일을 기억하고 축하해 주는 일은 이제껏 한 번도 없었다. 정신없는 날이니까 어쩔 수 없지, 체념하면서도 마음 깊은 곳에서는 서운함이 꿈틀거렸다.

침대 끄트머리에 앉아 꾸물대 봤자 등교 시간만 늦출 뿐이다. 늑장 부리다가 지각이라도 하면 주의가 집중될 테니 주의. 나는 3인 이상의 관심을 받으면 얼굴이 시뻘게지는 고질병이 있다.

지안아, 생일 축하해!
냉장고에 케이크 있으니까 먹고 가.
엄마랑 아빠는 오늘 늦어ㅜㅜ

이번 일 마무리될 때까지만 봐주라.

지훈이 좀 깨워 주고.

　　　　　　　　　　- 우리 지안이를 사랑하는 엄마 아빠가

　방문을 열자 노란 쪽지가 팔랑거리며 바닥으로 떨어졌다. 덜렁거리는 아빠가 대강 붙이고 갔나 보다. 이런 건 화장실 거울이나 냉장고 문짝 같은 데다 붙여 놔야 눈에 더 잘 띄지 않나? 우리 아빠지만 참 허술하다.

　같은 회사에 다니는 부모님은 항상 바쁘다. 특히 요즘은 신제품 출시를 앞둔 시기라, 개발 팀인 엄마와 영업 팀인 아빠는 집에 와서도 틈만 나면 회의를 한다. 그러다 보면 어느새 서로를 이 팀장, 나 팀장이라 부르고 있다.

　쪽지를 방문 안쪽에 힘주어 붙이고는 부엌으로 가서 냉장고 문을 열었다. 여덟 조각으로 잘린 당근케이크가 가운데 칸에 있다. 투명한 뚜껑을 들추어 집게손가락 끝으로 케이크를 쿡 찌르자, 그럼 그렇지, 딱딱하다. 택배로 받은 냉동 케이크인 듯한데 빙하기 전에는 녹으려나? 내가 남극 토끼도 아니고, 냉동 당근케이크는 누구 발상일까. 맏딸에게 나쁜 시력을 물려주었으며 안경 쓰고 안경 찾기가 특기인 아빠, 나 팀장? 스무 살 때까지만 해도 김이 바닷속에서부터 네모난 모양으로 자라는 줄 알았다는 엄마, 이 팀장?

소득도 없이 냉장고 문을 닫으려니 배가 꼬르륵댔다. 문 하나가 닫혔으니 또 다른 문이 열려야 하는 법. 동생 방의 문을 열어젖히고 외쳤다.

"야, 나지훈! 일어나! 학교 가, 학교!"

학교 가라는 말에 벌떡 일어나는 나지훈(초딩, 오늘부터 6학년). 산책 가자는 말을 들은 강아지가 따로 없다. 3월 2일에 태어났으면 행복하기 짝이 없는 생일을 보냈을 애다. 집보다 학교를 좋아하는 성격인데, 내년에 중학생 되고도 그 취향 변치 않을지 두고 보자.

"넌 안방 화장실 써. 냉장고에 케이크 있으니까 먹든가."

돌도 씹어 먹을 식성이니 돌처럼 딱딱한 케이크도 문제없겠지. 애 정도로 정성에 극성이면 전자레인지에 돌려서라도 먹을 듯.

"케이크? 웬 케이크? 아아, 알았다."

이런 흐름이라면 '오늘 누나 생일이지!'라는 말이 나와야 정상 아닌가?

"또 엄마가 먹고 싶다고 샀지?"

최소한의 가족애나 기억력도 없는 동생 녀석은 입이 찢어지게 하품하더니 부엌으로 향했다. 그래, 너라도 맛있게 먹어라!

* * *

'새별 중학교 입학을 축하합니다'라는 현수막이 펄럭이는 교문을 지나는데 왜 내가 입학하는 느낌이 들까. 어제와 같은 오늘이 없듯 지난해와 같은 올해란 존재하지 않는다. 나는 새 학년, 새 학기라는 조마조마하고 아슬아슬한 어색함과 긴장감을 때마다 새로이 겪으며 살아왔다. 오늘을 포함해 고3까지 총 4회 남았다. 만약 대학생이 된다면 3월 2일에는 절대로, 결단코 학교에 가지 않으리라. 침대에 기대앉아서 향기롭고 색도 예쁜 와인이나 홀짝거릴 테다. 이른 아침부터 날아드는 축하 인사나 철든 동생이 끓인 물을 부어서 건네는 즉석 미역국 따위는 기대하지 말아야 하겠지만.

신관 2층으로 올라가자, 계단 앞에 3학년 4반 교실이 나타난다. 창문 너머로 소라와 소연이가 보여서 창가로 다가갔다. 뭐가 그리도 재미있는지 손뼉까지 치면서 웃는 둘은 낯선 아이들과 함께 있다. 그사이 친해졌나? 아니면, 알던 사이? 나는 모르는 얼굴인데…. 둘은 나와 달리 친구 사귀는 걸 어려워하지 않는다.

소라가 창문 쪽으로 고개를 돌리는 바람에 나도 모르게 바닥에 쭈그리고 앉았다. 손이라도 흔들어 보이면 그만인데 시야 밖으로 도망쳐 숨다니. 최악으로 음침한 수를 뒀지만 무르기에는 늦었다. 오리걸음으로 어기적거리며 4반 앞을 지나간다. 바닥에 떨어뜨린 작고 섬세한 무언가를 찾는 척까지 곁들였더니 한층 더 비참해진 느낌이다. 3반 앞에서 허리를 펴고 일어나 2반까지 걸어가는 동안, 우리 셋 중에서 소라와 소연이가 서로 더 친했다는 생각이 시커먼 카펫처럼 발밑에 깔렸다. 이름이 같은 글자로 시작해서 꼭 자매 같은 데다가 유머 코드도 비슷해서 나 빼고 둘만 웃을 때도 많았고, 겨울 방학에 수학 학원도 자기들끼리만 옮겼고.

2반 앞, 시끌벅적한 복도에 도착하니 심장이 두근거렸다.

나한테 눈길 주는 사람이 없는데도 발표하려고 자리에서 일어선 듯 뺨이 달아오른다. 이 문을 열고 들어가면 100퍼센트, 애들 시선이 내 쪽으로 쏠릴 것이다. 운이 좋으면 1초, 나쁘면 3초 이상. 나는 아무렇지도 않은 표정으로 눈알만 광속으로 굴려 애들을 훑어보는 동시에 어디 앉을지도 정해야 한다.

"사는 게 참 피곤하다, 피곤해."

705번째 3월 2일이라도 맞은 사람처럼 내 입에서 흘러나

온 말이다. 3월 2일이 이 세상에서 없어졌으면 좋겠다는 생각이 들었다.

"괜찮아?"

"안 괜찮지." 하는 대답과 동시에 식은땀이 등줄기를 흘러내렸다. 속마음을 육성으로 내뱉다니 미쳤어, 나지안? 옆을 돌아보니 아는 얼굴이 있다.

"왜? 어디 아파?"

강은서가 물었다. 작년에 이어 올해도 같은 반이 된 애다. 대화를 나누기는 이번이 처음일지도? 아무래도 그런 듯하다.

"아, 아무것도 아니야."

속내를 들켰다는 창피함에 목소리가 볼륨 1 정도로 나왔다. 눈을 내리깔고 어깨를 움츠리며 그쯤 해 두라는 뜻을 전했는데도, 강은서는 제자리에 서서 나를 바라보았다. 이마나 뺨이 아니라 눈을, 정확하고도 진지하게. 알고 보니 내가 문을 막아서고 있었다. 나는 미안, 하고 중얼거리며 비켜섰다.

강은서는 문을 열고 교실로 들어갔다. 망설임이라고는 없이 예사롭게, 교실 문이 편의점 문과 다를 바 없다는 태도로. 어쩌다 보니 강은서 꽁무니에 따라붙어 교실로 숨어드는 꼴이 되었다. 그 덕분에 반 아이들 시선이 분산되었지만, 요행은 거기까지였다.

아침 햇살이 비쳐 드는 2반 교실에는 내가 두려워하는 상황이 펼쳐져 있었다. 끼리끼리 모여서 웃고 떠드는 아이들. 둘이든 셋이든 넷이든, 여자든 남자든, 저희끼리 덩어리 진 몇몇 무리. 나는 그 어떤 무리에도 끼지 못한 채 자투리 공간에 찍힌 점 하나였다.

창백해진 얼굴을 의식하며 3분단으로 걸어갔다. 맨 끝은 티 나니까 끝에서 두 번째 줄, 숨는다는 인상을 주지 않게 벽과 붙은 자리는 비워 두고 통로 쪽으로. 이런 분위기에서 1년을 어떻게 버티지, 절망감에 눈꺼풀이 파르르 떨렸다. 2반에서 4반으로 직행하는 웜홀이라도 있으면 좋겠다. 소라, 소연이 옆에 끼어 앉아 웃으면서 손뼉이라도 치게. 나 영혼 없이 맞장구치는 거 잘하는데.

강은서는 가운데 줄 중간쯤에 자리를 잡더니, 옆에 앉은 아이와 인사를 나눈다. 나도 쟤처럼 똑똑하고 공부도 잘했다면 저렇게 여유로웠으려나.

현재 시각 8시 22분. 조회까지 8분 남았고, 6교시까지 정상 수업을 한다고 하니 집에 가려면 몇 시간을 버려야 하는 거야. '소라야! 소연아! 나 어떡해? 우리 반, 나 빼고 다 아는 사이인가 봐.' 하고 머릿속 단톡방에 메시지를 올렸다.

"지안아, 안녕?"

엉뚱하게도 옆자리에서 답이 날아들었다. 나는 깜짝 놀라 고개를 돌렸다. 옆에 또 누가 있다. 이번에는 강은서가 아니라….

"나는 채린이야, 김채린. 우리 서로 얼굴은 알지?"

김채린이 교복 재킷에 붙은 이름표를 가리키며 싱긋 웃었다. 복도나 화장실에서 자주 보던 얼굴이다. 신경 써서 눈여겨봤다기보다는, 워낙 눈에 띄는 유형이다. 환하도록 예쁘고, 남들과 똑같은 교복인데 유독 잘 어울리고, 항상 웃는 얼굴이고.

"우리 여기 앉아도 되지?"

같이 수다를 떨던 친구 둘까지 따라와 앞자리에 앉았다. 서효주는 아는 애고, 이미소는 모르겠고. 어쨌든 얘들 셋이 한 무리인 셈이다.

"아, 뭐, 그래…."

떨리는 목소리로 대답했다. 옆과 앞이 내 땅도 아닌데 뭐. 김채린, 얘가 왜 말을 걸었을까, 나 뭐 잘못했나? 친구들 데리고 따지러 온 분위기는 아닌데.

"지안아, 작년에 효주랑 같은 반이었다면서? 우리 셋은 1

학년 때 같은 반이었는데 이렇게 다시 만난 거 있지."

지안아, 지안아, 붙임성 있게도 말을 붙이며 생글거리는 김채린. 꿀 바른 바늘이 엉덩이를 콕콕 찌르는 기분이다. 알았으니까 용건이 뭔지 말해 줘. 이런 관심은 부담스럽다고. 뒤쪽으로 돌아앉은 둘도 나를 본다. 이미소는 김채린 말에 고개를 끄덕이며, 서효주는 팔짱을 끼고 미간을 찌푸린 채로.

"메이트가 그러는데 지안아, 네가 나한테 아주 좋은 친구가 될 거래."

"메이트? 아, 그거. 난 잘 안 써."

"그래? 가입은 돼 있던데."

김채린 얘가 메이트 때문에 이러는구나. 각종 인간관계를 예측하고 조언해 준다는 앱 말이다.

메이트는 지난해부터 선풍적인 인기를 끌기 시작해 새별 중에도 검은색 머리끈만큼이나 널리 퍼진 앱이다. 그러나 나에게 메이트란, 머리와 손목을 오가다가 어디에 뒀는지도 잊어버린 끈이랄까? 작년 여름쯤인가, '난 수학 성적이 나빠서 친구들이랑 학원 반이 다른데 어떻게 해야 돼?' 하고 앱에 물어봤다가 '수업을 열심히 들어서 실력을 키우세요. 그리고 한 가지 더! 진정한 우정은 반을 구분하지 않습니다.'란 답변을 받고는 미련 없이 접었다. 인공 지능 어쩌고 잘난 척만 거창하지, 하나 마나 한 소리를 하잖아. '가만 보니 넌 수학은 글렀습니다. 학원 같은 건 관두고 차라리 그 시간에 웹툰을 보세요. 공부에 지친 친구들한테 들려줄 얘깃거리라도 챙길 수 있지 않겠어요?'쯤 되는 답변이라면 만족스러웠을지도. 업데이트하면 좀 더 정확하고 상세한 조언을 들을 수 있다고 했지만 난 그러지 않았다.

> (M) 지안 님, 채린 님의 아바타룸에 초대받으셨어요!
> 초대를 수락하시겠어요?

김채린이 휴대폰을 만지작거리고 잠시 뒤, 내 휴대폰에 뜬 알림창이다. 나는 메이트를 쓰지는 않지만 지우지도 않고 놔둔 상태였다. 어떻게 할지 망설이는데 담임쌤이 들어왔다. 마음이 급해진 나머지, 얼떨결 반 호기심 반으로 초대를 수락했다.

"지안아, 앞으로 친하게 지내자. 우린 메이트가 보증하는 사이잖아."

담임쌤이 조회를 시작하자 재빨리 속삭이는 김채린.

"그, 그럴까…?"

시선을 담임쌤에게 고정한 채 입술만 움직여 대답했다. '그래!'도 아니고 '그러자!'도 아니고 '그럴까?'는 또 뭐니, 미적지근하게. 시원하지도, 따뜻하지도 않은 반응인데 김채린은 개의치 않는 눈치였다. 메이트가 보증을 섰다고 생각하면 말투는 그리 중요하지 않은가 보다.

"그럼 중요한 사항은 전달했고, 자리를 정해야겠지?"

"그냥 이대로 앉으면 안 돼요?"

담임쌤이 말하자마자 서효주가 외쳤다. 그래, 목청이 좋은 애였지.

"맞아요, 이대로 앉아요!"

"지금이 좋아요!"

교실 곳곳에서 호응하는 소리가 터져 나왔다. 그러나 다른 견해도 있었으니, 강은서였다.

"전 제비뽑기가 좋을 거 같아요."

강은서의 말에 반 분위기가 싸늘해졌다.

"쟤 또 나대네."

서효주가 강은서를 쏘아보며 좀 크다 싶은 목소리로 말했다. '또'라고 할 만큼 강은서가 남들 앞에 나서는 애인가하면, 그건 잘 모르겠다. 2학년 때도 남들과는 다른 의견을 내놓거나 다들 침묵할 때 발언하는 경우가 종종 있었는데,

자세한 상황은 잊었다. 하지만 오늘만큼은 나도 강은서의 반대 의견이 반갑지 않았다. 제비를 뽑아서 누구인지 모를 아이와 짝이 되는 위험을 감수하느니, 친하게 지내자며 다가온 김채린 옆이 나았다.

"선생님 생각에도 제비뽑기가 무난하겠어. 가만, 우리 반 인원이 홀수잖아. 한 명이 남게 되는데 혹시 혼자 앉고 싶은 사람 있어?"

한층 더 조용해지는 교실. 1분단 끝에 홀로 앉은 아이는 고개를 수그린 채 말이 없다. 원해서 혼자 앉은 경우가 아닌 듯하다.

"저요. 제가 혼자 앉을게요."

다시, 강은서다.

김채린은 호오, 제법인걸, 하는 눈길로 강은서를 보더니 이내 관심을 잃고는 책상 서랍 속에 손을 넣어 휴대폰을 만졌다. 얼핏 보니 메이트다.

"어디 보자, 이름이 은서구나. 은서야, 괜찮겠어? 세 명이 같이 앉아도 되는데."

"전 혼자 앉는 게 편해요."

강은서는 조용조용한 말투로 하고 싶은 말을 다 했다. 혼자 앉고 싶다고, 그게 편하다고 애들 앞에서 말하는 용기와

담력이 나에게는 신기하게만 보였다. 쟤는 저 홀로 반짝거리는 점이 되기로 한 모양이다.

제비뽑기 결과, 김채린은 내 뒷자리에 앉게 되었다. 이미소와 서효주도 근처 자리를 뽑았다.

"거봐, 우린 가까이 있을 운명이라니까. 메이트가 말한 건 틀린 적이 없어. 우리 매점 가자. 새로운 친구가 생긴 날이니까 내가 쏠게."

쉬는 시간, 김채린이 내게 팔짱을 끼면서 서효주와 이미소에게 말했다.

새로운 친구란 말을 들은 심장이 갈비뼈 안쪽 공간을 뛰놀았다. 그제야 나는, 내가 얼마나 절박하게 친구를 원하고 있었는지 깨달았다. 2반 교실에서 살아남으려면 친구가 필요했다. 그 친구가 누구든 말이다.

메이트의 예측

> M 당신에게 가장 적합한 친구를 찾아 드리는 메이트,
> 언제 어디서든 당신의 첫 번째 친구입니다.

> M 채린 님이 지안 님의 아바타룸에
> 방문하고 싶어 해요. 채린 님을 초대하시겠어요?

> M 최신 버전으로 업데이트합니다.

  학교를 마치고 집에 도착하자, 와이파이가 터지는 현관
에 선 채로 메이트를 켰다. 환영 화면에 이어 알림 메시지가

뜨더니 업데이트에 돌입한다.

아무도 없는 집은 휑했다. 엄마 아빠는 밤늦게 들어올 테고 동생은 학원에 있다. 나는 인강을 열심히 듣겠다고 약속하고 학원은 관뒀다. 소라와 소연이, 일명 소 자매랑 같이 다니고 싶어 등록한 학원인데 둘이 떠났으니 나만 남을 이유가 없었다. 방과 후 외로운 자유가 얼마나 이어질지는 시험 결과에 달렸겠지. 김채린은 학원 끝나면 연락하겠다며 두 손을 무지개만큼이나 커다랗게 흔들어 보이더니 두 충직한 친구와 함께 버스를 타고 사라졌다. 오늘 아침, 3학년 2반 교실에 발을 디딜 때는 상상도 못 한 새 친구들이었다.

냉동 케이크는 그럭저럭 녹아 냉장 케이크가 되었는데, 두 조각이 비어 앞니 빠진 모양새였다. 불굴의 먹보 나지훈이 아침밥으로 내 생일 케이크를 먹고 등교한 것이다. 걔 앞니는 무사할까 궁금해하기도 잠시, 배가 고팠다. 냉동실에 엄마가 대량으로 사다 둔 떡이 가득했다. 같은 냉동이라도 떡은 찜기에 데우면 촉촉하고 쫄깃하고, 꽤 그럴듯해진다. 전자레인지에 돌리는 것보다 귀찮지만 명색이 생일인데 물기 없이 뻣뻣한 떡은 서러우니까, 무지개떡 한 덩이를 찜기에 넣고 가스 불에 올렸다.

교복을 편한 옷으로 갈아입는 사이, 메이트 업데이트가

끝났다. 아바타룸으로 입장한다. 앱에서 제공하는 기본 아이템 중에서 고른 책상과 책장, 침대. 작년에 메이트를 잠깐 했을 때 설정한 모습 그대로다. 책상은 깨끗하고 책장은 텅 비었고 침대에는 흔한 인형 하나 없고, 버려둔 방처럼 횅하다. 새로운 아이템이 나올 때마다 구매해서 아바타룸을 취향대로 꾸미는 애들이 많지만, 나는 얼마 만에 접속했는지도 모르겠다. 내 아바타는 새별중 교복을 입고 뚱한 표정으로 방 한가운데에 서 있다. 작년만 해도 교복 입힌 아바타가 대세였다.

김채린을 아바타룸에 초대하겠느냐며 대답을 재촉하는 알림창을 접어 두고, 검색창에 '메이트'를 입력한다. 이번에는 좀 알아보고 사용해야겠다.

메이트(MATE)는 인공 지능 시스템을 바탕으로 하는, 인간관계 예측·설계 앱이다.
내가 설정한 지역 안에서 누가 나와 잘 맞을지, 그 사람이 특정 상황에 어떻게 반응할지 등을 빅 데이터를 활용해 예측·설계하고, 이를 바탕으로 한 조언을 제공한다. 우정 시뮬레이션이 그 대표적 예다.
가입자가 제공에 동의한 정보와 인터넷에 남긴 디지

털 발자국을 활용해 가입자의 성향과 행동 방식을 파악하고, 그에 맞는 친구나 연애 상대를 추천해 주는 서비스다.

흔적을 남기지 않는 '유령 모드'를 적용하고 김채린의 아바타룸을 방문한다. 바닥에는 화려한 카펫, 창밖으로 떠다니는 색색 구름, 침대에는 무엇을 입을까 고민 중인 옷이 대여섯 벌, 그 밑에는 구두도 여러 켤레. 김채린의 아바타는 깜찍한 미니 드레스 차림으로 테이블 앞에 앉아 유리그릇에 담긴 젤리를 먹는 중이다. 가구부터 젤리까지, 하나하나가 다 유료 아이템이다. 한눈에 보기에도 꽤 많은 시간과 용돈을 들여 꾸민 공간 같다.

메이트를 나와서 소 자매가 있는 단톡방으로 갔다.

내가 만들어서 소라와 소연이를 초대한 단톡방은 반 편성이 발표된 날에 멈춰 있다. 나는 그날, 같은 반이 되었다며 기뻐하는 소 자매를 축하해 줬다. 나 혼자만 외따로 떨어지게 되어 두렵고 서운한 속내는 내색하지 못했다. 애도 아닌데 징징대면 유치하니까. 최악의 반 편성이 준 충격에 며칠 동안 시든 풀처럼 시무룩하게 지냈더니, 보다 못한 동생이 "누나 좀! 새 친구 사귀면 되잖아!" 소리쳤다. 그 뒤로는 초딩 동생에게 충고 따위는 듣지 않겠다는 각오로 아무 렇지도 않은 척 지냈고.

> 오늘 인사도 제대로 못 했네.
> 나 있잖아, 새로운 애들이랑 급식 먹었다?
> 나랑 친해지고 싶어 하는 애가 있어서.

소연
오오오오오!!!!!!!!

소라
누군데, 누군데??????????

친구들 반응이 예상보다 열광적이라, 으쓱하면서도 쓸쓸 하다. 나라는 애는 참 단순한데 감정이란 건 왜 이리도 복 잡한지. 생일이 싫다며 속으로 비명을 지르다가도 친구들이 몰라주니 헛헛해하는 것만 봐도 그렇다.

> 김채린이라고, 작년에 우리 옆 반.
> 혹시 알아?

소라
그 예쁘장하게 생긴 애?

소연
그냥 얼굴하고 이름만 아는 정도.

걔, 어떨 거 같아?

소연

글쎄, 나쁜 애는 아닐 듯?
느낌이 그래.

걔가 그러는데,
메이트가 나랑 친구 하라고 강추했대.

소라

아, 메이트.
우리 반도 그거 때문에 난리야.

소연

그러니까. 아까 미혜도 메이트로 우리랑
우정 시뮬레이션 돌려 봤다던데?

오늘 새 학년에 새 학기 첫날이었는데 벌써부터 '우리 반'
이라고? 미혜는 또 누구야. 아 참, 지금 이게 문제가 아니
지.

저기, 얘들아.
김채린하고 친하게 지내는 거…
어떨 거 같아?

소연

다가오는 친구를 막을 필요는 없지.

소라

널 알아봤으면 괜찮을 애일 거야.

쟤가 보는 눈이 있는 게 아니고,
메이트가 추천한 거야.
알고 보니 이상한 애면 어떡해?

소라

또 미리 걱정하고 그런다.
나중 일은 나중에 생각해도 되잖아.

이쯤에서 대화가 끊긴다. 소라 말대로 난 걱정을 사서 하고 빌려서 하고 뒤져서 하고, 그런 편이다. 공부는 시험 닥쳐서나 하면서 왜 걱정은 미리미리 꼬박꼬박 챙기고 그럴까. 데운 무지개떡을 두유와 함께 먹으며 생각해 봐도 아리송하다.

태블릿으로 인강을 틀어 놓고 집 안을 서성이다가, 실내용 슬리퍼에서 끼익 소리가 나도록 급회전하여 휴대폰으로 달려들었다. 할 일이 생각났다!

메이트에 접속해 상단의 말풍선 아이콘을 눌렀다. 인공 시능과 대화할 수 있는 기능이었다.

(M) 지안 님, 오랜만이에요!
무엇을 도와드릴까요?

김채린이랑 나, 앞으로 어떨지 예측해 줘.

(M) 자목련동 새별중 3학년 2반 김채린 님을
말씀하시는 건가요?

응, 걔 맞아.

(M) 김채린 님과 우정 적합도 예측 중….

이 앱에서 제공하는 조언은 참고용으로만
활용하셔야 하며, ㈜MATE Co.는 그 어떠
한 법적 책임도 지지 않습니다.

(M) 예측 완료! 우정 시뮬레이션을 확인하세요.

 '확인'을 선택하자, 김채린의 아바타가 내 아바타룸에 입
장한다. 대사는 들리지 않지만 표정이나 배경 음악으로 미
루어 짐작하자면, 내 아바타와 서로 날카로운 말을 나누며
다투는 듯하다. 김채린 아바타가 소리를 지르더니 문을 부
서져라 닫고 나간다. 방에 혼자 남은 내 아바타는 어깨를
들썩이며 씩씩거리다가, 그 자리에 주저앉아 운다.

뭐지, 이 급작스러운 전개는?

> (M) 안타깝지만 지안 님과 채린 님은
> 우정 적합도가 낮습니다.
> 지안 님에게는 쉽지 않은 관계가 될
> 것으로 예측됩니다.

> 김채린한텐 나랑 친구가 되라고 추천했다던데?
> 같은 사람끼린데 결과가 다르다고?

> (M) 다른 회원에게 제공한 조언의 내용은 공개할
> 수 없습니다.
>
> 우정 적합도는 누구의 관점에서 예측하느냐
> 에 따라 다르게 측정됩니다.
> 같은 풍경이라 해도 어느 곳에서 보느냐에
> 따라 달리 보이는 것처럼요.
> 어느 한쪽은 편한데 다른 쪽에서는 불편한
> 관계도 있습니다.

얼굴을 무릎에 묻고 흐느끼는 내 아바타. 얘가 청승맞게
왜 이래. 아바타를 집게손가락 끝으로 눌러서 이불 속에 숨
겼다. 요 조그만 방에서 안 보이는 데라고는 거기뿐이다.

> (M) 너무 실망하지 마세요.
> 우정 적합도가 더 높은 친구를
> 추천해 드리겠습니다.

(M) 친구 찾기 중….

(M) 친구 찾기 완료.

같은 반 강은서 님은 어떠신가요?

은서 님은 장기간 메이트에 접속하지 않아, 최신 정보가 업데이트되지 않았습니다.
하지만, 가입 시 입력한 정보와 인터넷 곳곳에 남은 디지털 발자국 그리고 다른 회원들이 제공한 정보를 모아서 분석한 결과, 은서 님을 지안 님에게 가장 적합한 친구로 추천합니다.

메이트 이거, 돌팔이 사기꾼이 만든 엉터리 아냐? 나는 앱을 꺼 버렸다.

강은서와는 작년에 같은 반이었을 때도 대화 한번 제대로 나눠 본 적이 없는 사이다. 지난 1년 동안에도 멀리 떨어진 그림자와 그림자처럼 지냈는데, 이제 와서 친해지라고? 어떻게? 무슨 공통점이 있어서? 우정이란 게, 구겨진 채로 옷장에 처박아 뒀다가 겨울이 오면 꺼내 입는 코트도 아니고 말이다.

다른 무엇보다 강은서는, 교실 뒷문이 지옥문이라도 되는 것처럼 그 앞에서 쩔쩔매던 나를 목격했다. 1년을 묵힌 첫출발부터 삐걱거린 셈이다. 그에 비하면 김채린과는 인위

적인 구석이 있긴 해도 그 정도면 뭐, 나쁘지 않은 시작이었
다.

소 자매도 김채린이 나쁜 아이 같지는 않다고, 지레 도망
칠 필요는 없다고 말했다. 친구들 말을 듣자. 멍텅구리 앱이
뭘 알겠어. 좋아, 한 번쯤은 마음 가는 대로 해 보는 거야.

김채린의 초대 요청을 수락한다. 그러고는 잘못 산 옷을
옷장 깊숙한 곳에 처박아 두듯, 메이트를 비활성화 상태로
바꿨다.

스윈의 음악을 크게 틀어 놓고 침대에 눕는다. 나도 내
마음이 뭔지 모르겠다.

다르지만 같아야 하는

6월 초의 토요일 오후, 버스 안.

내 옆에는 채린이가, 통로 건너 옆 좌석에는 효주와 미소
가 앉아 있다. 초여름치고도 더운 날씨라 창문을 반쯤 열어
두었다. 효주는 상의와 하의가 연결된 저걸 뭐라고 하더라,
점프 슈트였나? 그런 옷을 입고 왔는데 잘 어울린다. 미소
는 앞머리에 분홍색 롤을 말았고 채린이는 향수처럼 향이
진한 파우더를 얼굴과 목에 덧바르는 중이다.

나도 휴대폰에 얼굴을 비추어 본다. 비비 크림과 틴트를
바르고 눈썹을 옅게 그렸다. 이렇게 간단한 화장도 채린이
가 골라 준 화장품으로 시작했다. 어떤 각도로 봐도 눈썹이

이상하다. 특정 각도로 보면 특히 더 이상하다. 아래쪽으로 꼬리가 내려가서 우는 표정이 됐다. 시간이 없어서 다시 그리지도 못하고 버스 정류장으로 달려갔는데, 채린이는 내 삐뚤어진 눈썹을 보고도 "오늘 화장 잘됐는데?" 하고 말했다. 유독 나에게는 듣기 싫은 말을 하지 않는 채린이. 시거나 쓴 말도 약이 될 때가 있을 텐데 달콤한 칭찬만 디저트처럼 건넨다. 나지안은 그렇게 대하라고 메이트가 조언이라도 했는지. 채린이는 메이트의 조언이라면 해가 달이고 달이 해라고 해도 믿어 보려 애쓸 거다.

"지안이 덕분에 솔라시 보러 가고 진짜 고맙다, 그치?"

창가에 앉은 채린이가 통로 건너를 보며 말했다. 효주는 의자에 몸을 파묻고 팔짱을 낀 채 어깨만 으쓱하고 미소는 나를 향해 미소 지었다. 그런데 내 덕에 방청 기회를 얻은 사람은 미소가 아니라 효주다.

우리는 지금, 음악 방송을 보러 가는 길이다. 채효미(채린, 효주, 미소)는 아이돌 그룹 솔라시의 팬이다. 태양계를 뜻하는 솔라시스템, 줄여서 솔라시. 태양계 최고의 그룹이 되겠다는 포부를 담은 이름이라는데 과연 태양처럼 강렬한 인기를 누리고 있다. 우리 동네를 벗어나지도 않았는데 언제쯤 방송국에 도착하나 엉덩이를 들썩이는 채효미만 봐도 그 인기가 체감된다. 음악 방송은 만 15세 이상만 방청할 수 있어서 채효미는 만 15세가 되는 그날부터 방청권 당첨에 도전해 왔다. 나도 채효미를 따라 지난 석 달 동안 매주 응모했고, 드디어 이번 주에 채린이와 내가 동시에 당첨되는 행운이 날아들었다.

"지안이 넌 행운의 요정이야. 너 아니었으면 이렇게 넷이 같이 보러 가지도 못했을 거야!"

꽃이 만발한 여름 정원 같은 향기를 풍기는 채린이가 내 팔짱을 끼며 나를 치켜세웠다. 그러는 채린이야말로 향기의 요정 같다.

방청권이 2인용이라 동반자 1인을 데려갈 수 있는데, 나는 채린이가 정해 주는 대로 효주를 동반자로 적어서 응모했다. 채린이는 미소를 적었고, 사연란에는 솔라시를 얼마나 사랑하고 아끼는지 제한 분량의 마지막 한 글자까지 꽉 채워 썼다.

"넌 솔라시에서 누가 제일 좋다고 그랬지? 마르스였나?"

"나는 뭐 그냥, 다 좋아."

"하긴 그게 정답이네. 우리 솔라시, 누구 하나 빠지는 멤버가 있어야지."

채린이는 태양이 아니라 다른 별을 중심으로 도는 사람

이 있다고는 생각해 보지도 않은 듯하다. 내가 바로 그런 사람이다. 나의 별은 스몰 윈드, 스윈. 그 이름처럼 존재감과 인지도도 조그마한 그룹이다. 응모 사연란에도 '스윈 보고 싶어서 신청해요. 용후 파이팅!'이라고 썼다는 건 영영 비밀로 해야 할 듯싶다. 음악 방송에서 보기 힘든 스윈이 출연하는 회차라, 이번 주 응모는 평소처럼 억지 반 우정 반이 아니라 온전한 팬심으로 했다. 아무리 스윈이 좋아도 내 방 침대에 누워서 듣는 노래가 제일이지만 어차피 보러 갈 방송이라면 스윈이 나오는 편이 낫지.

> 나 지금 스윈 보러 가는 중!
> 음방 방청은 처음이라 은근 떨리네.

소라, 소연이가 있는 단톡방에 메시지를 올린다. 이 방은 펼쳐 놓고 페이지를 넘기지 않아 먼지만 쌓이는 책과 같다. 내가 채효미와 어울리는 동안 소라와 소연이는 한 반에서 지내며 더더욱 단짝이 되었고, 새로운 친구들도 생겼다. 알림창에 제때 뜨지 않은 메시지가 있을까 싶어서 하루에 한 번은 단톡방에 들어가 보는데, 내가 마지막으로 올린 메시지만 확인하고 나오기 일쑤다.

소라

오오! 정말?
당첨 어렵다던데 축하!

소연

아직도 스윙 파고 있어?
그래도 재밌겠다. 잘 보고 와!

웬일인지 몇 분도 안 돼서 답이 연달아 올라온다. 아, 같이 학원에 있을 시간이구나. 보통은 이쯤에서 짧은 대화가 끝나는데, 메시지가 하나 더 올라왔다.

소라

반 애들이랑 잘 지내는 거 같아서 다행이야.
지안이 너만 다른 반 돼서 좀 그랬거든.

다행이라는 말이 고맙기보다는 쓸쓸한 까닭이 뭘까. 우정에도 이별이 있다면 이건 꼭 나보다 더 좋은 친구 만나, 하고 서로 행운을 빌어 주며 뒤돌아서는 이별 같잖아. 우리, 이렇게 천천히 예의 바르게 헤어지는 중인 걸까. 언젠가는 소 자매와 복도나 급식실에서 마주쳐도 아아 너로구나, 눈빛만 아련한 사이가 되는 걸까. 흘러가는 구름이 흘러가는 강물을 지나치듯이, 그런 사이. 앞으로 채효미와 무슨 일이 있든 소 자매에게 투정을 부리지는 못할 듯하다.

"누구? 2학년 때 친구들?"

채린이가 휴대폰 화면을 곁눈질하며 물었다. 스윈 얘기가 보였을까 싶어서 뜨끔한 나는 멋쩍게 웃으며 화면을 껐다.

"옛날 친구들까지 다 신경 쓰고, 지안이 넌 참 착한 거같아. 메이트 말 듣길 잘했다니까."

옛날 친구들이란 말이, 그 옛날 친구가 한 다행이란 말처럼 가슴을 찔렀다. 나는 새삼스러운 눈빛으로 채린이를 봤다. 김채린, 얘가 내 현재 친구다. 지난달에 자리를 바꾸어 끝에서 끝이 되었는데도 쉬는 시간과 점심시간, 방과 후 저녁까지 붙어 지내는 친구. 나는 채효미가 다니는 학원에 등록했다. 같은 학교에 같은 반, 같은 학원에 같은 반. 소라, 소연이랑도 같은 학원에 다녔지만 그때는 나만 반이 달랐다.

"근데 넌 메이트 안 해? 아바타룸이 맨날 똑같더라?"

"자주 하지는 않아. 방 꾸미고 그런 거 잘 못하기도 하고."

안경알을 닦는 척하며 얼버무린다. 채린이가 보낸 초대 요청만 수락하고 모든 기능을 비활성화했으니 내 아바타룸은 아무런 변화가 없다. 한두 달 전에 이미 한 대답인데도 채린이는 또 물었다. '지안 님에게는 쉽지 않은 관계가 될 것'이라던 메이트의 예측이 떠올랐다. 그 말 때문이라도 메이트에 들어가기 싫었다. 또 무슨 반갑잖은 소리를 들으려고.

"지안아, 우리 배신하지 말고 계속 잘 지내자. 알았지?"

"웬 배신? 드라마 대사인 줄. 우리 지금 촬영 중? 나 어느 카메라 봐야 돼?"

채린이 말에 나 대신 효주가 대답했다. 그러자 미소가 웃었고, 나도 기침하듯 잠긴 목소리로 웃었다. 어색한 듯 화기애애한 듯, 어쨌거나 우리는 3학년 2반의 단짝들이었다.

한 반에 친한 친구가 있다는 건 굉장히, 엄청나게 든든한 일이다. 너무 당연해서 별일 아닌 듯 당연하게 보여도 알고 보면 대단한 행운, 이를테면 건강한 몸이나 평화로운 하루하루 같은. 친구가 있으면 어떤 상황이 닥치더라도 엉뚱한 곳에 잘못 찍힌 점처럼 쭈뼛거릴 필요가 없다. 쉬는 시간에 투명 인간처럼 자리를 지키거나 괜히 산책길을 돌고 오지 않아도 되고, 체육관이나 음악실에 갈 때 누구 꽁무니에 붙나 필사적으로 눈치를 살피지 않아도 되고, 급식실에서도 식판만 내려다보며 음식을 흡입하지 않아도 된다. 한 반에 함께 어울릴 친구가 있다는 건, 누군가 1년짜리 방청권의

동반자 칸에 내 이름을 적어 줬다는 뜻이다. '내 친구: 나지안' 하고 말이다.

채린이에게 난 무난하고 착한 아이, 무엇을 제안하든 거절하지 않는 친구다. 음방 방청권 좀 응모해 줘. 물론이지. 우리랑 학원 같이 다니자. 오, 좋아. 너 화장하면 더 예쁠 텐데. 그럼 한번 해 볼까⋯. 새 학년이 될 때마다 외톨이로 한 해를 보내게 될까 봐 불안과 공포에 시달리는 내 성향을 파악한 메이트의 정보력이라면, 채린이처럼 누군가 적극적으로 다가왔을 때 그 기회를 놓칠 배짱이 나에게 없다는 사실도 포착했을 것이다.

채효미와 나는 다른 점이 많다. 쉬는 시간마다 채린이 자리를 둘러싸고서 잡담하거나 솔라시 정보를 나누는 일이 재미있기도 하지만 때때로 버겁다. 가끔은 나도 내 자리에 턱을 괴고 앉아 스원의 잔잔한 노래를 듣고 싶다. 채효미에게 스원은 지루한 노래를 부르는 따분한 그룹일 뿐이다. 채효미와 학원에 다니며 삼각김밥과 컵라면을 사 먹고 수업이 끝나면 분식집이나 마라탕 전문점에 들르는 일상이, 다 함께 옷을 사러 가거나 코인 노래방에서 노래를 부르는 주말이 참 소중하지만⋯ 내 방에 누워 비 내리는 풍경을 바라보거나 아무 생각도 없이 오후를 흘려보내고 싶은 날도 있다.

그러나 난 내가 원하는 바를 말할 뚝심이 없다. 친구 없이 지낼까 봐 안달복달하더니 이젠 또 배부른 투정이다. 나란 애는 참.

"어? 쟤 강은서 아냐?"

자목련동을 벗어나는 지점에서 신호를 받고 버스가 멈춰 서자, 채린이가 창밖을 가리키며 말했다.

정말 강은서였다. 이어폰으로 음악을 들으며 푸르른 가로수 길을 걸어가는 강은서. 앞을 보며 천천히 걷는 자세가 나처럼 구부정하지 않고 꼿꼿했다. 어깨에 멘 천 가방을 찻길 쪽으로 바꿔 메니, 가방에 커다랗게 그려진 고슴도치가 보인다.

"쟤 진짜 잘난 척 심한 거 같지 않아?"

채린이가 창밖에 시선을 고정하고 말했다. 열린 창문 너머 몇 미터 떨어진 강은서에게 들리지 않을까 걱정될 만큼 큰 소리로.

잘난 척 그런 건 잘 모르겠고, 난 강은서가 무슨 음악을 듣고 있을지 궁금했다. 얼마 전 교실에서 강은서 자리를 지나가는데, 걔 이어폰 밖으로 노래가 흘러나왔다. 스윈 2집 5번 트랙, '나쁘지 않아'. 용후 솔로곡이었다. 용후 전용 안테나가 내장된 귀가 그 목소리를 포착했다.

"그치, 완전. 2학년 때도 오지랖에 잘난 척이었어. 안 그래?"

효주가 나를 보며 말했다. 채린이를 거치지 않고 직접 말을 걸다니, 드문 일이었다. 효주에게 열띤 맞장구를 쳐 주고 싶다는 아첨 비슷한 충동과 내 생각과는 다른 말을 하기는 싫다는 고집이 싸웠다.

"그랬나? 친하게 지낸 적이 없어서 모르겠어."

내 선택은 이토록 뜨뜻미지근한 대답이다.

"나도 걔랑 안 친했거든. 자리 배정만 해도 계속 혼자 앉겠다고 하잖아. 혼자가 편하다는 거, 우리 반 전부를 무시하는 말 아냐? 자기랑은 수준이 안 맞는다는 거지."

끝으로 갈수록 효주 시선이 채린이에게 옮겨 갔다. 아쉬움인지 안도인지 모를 한숨이 가슴에 고였다. 효주와 나 사이에 존재하는 거리감을 요만큼도 좁히지 못했다. 신호가 바뀌고, 버스가 출발한다.

"그러니까. 자발적 왕따도 아니고 혼자가 편하다는 게 말이 돼?"

동의를 구하는 채린이 시선을 느끼면서도 나는 창밖으로 멀어지는 강은서에게 집중했다. 지난 3월 2일, 1분단 맨 끝에 혼자 앉아 고개를 숙이고 있던 아이는 그날 제비뽑기로 만난 짝과 친해졌다. 그 뒤로 그 자리는 강은서 지정석이 되었다. 자발적으로, 기꺼이.

"가끔은 혼자가 편할 때도 있는 거 같아."

다름 아닌 내 입에서 튀어나온 말이라는 사실을 깨닫고 난 깜짝 놀라 입을 다물기는커녕 헤 벌렸다. 주말 한낮의 소음에 찬물을 끼얹듯 분위기가 싸늘해졌다. 솔라시 사진을 감상하느라 정신없던 미소조차 동그래진 눈으로 나를 본다. '있잖아, 나 외계인이다?' 하는 고백이라도 들은 표정이다.

"아니 내 말은, 그런 사람이 있는 거 같다고."

두 손을 휘저으며 변명하자 채린이 눈빛이 풀리더니 웃음이 떠올랐다.

"강은서처럼 잘난 척하는 애들? 그래서 그런가, 걔랑 나랑 조합이 안 좋대. 메이트가 그랬어."

채린이가 메이트로 화제를 돌리더니 머리카락을 손가락으로 꼬면서 킥킥거렸다.

"왜 그래? 너 뭐 있구나? 뭔데, 김채린. 뭔데, 뭔데?"

수상한 낌새를 눈치챈 효주가 채린이를 채근했다.

"어제 심심해서 메이트한테 상담을 좀 했거든. 누가 내 썸남이 될 가능성이 높을까, 그런 거. 메이트가 몇 명 추천해 줬는데 그중에 좀 귀여운 애가 있더라?"

"누군지 당장 내놔 봐. 얼른, 빨리!"

"누군데? 보여 줘, 채린아."

미소까지 거들고 나선다. 이쯤에서 나도 기대 평 한마디를 던져야 하는데 뭐라고 하지. 이야기가 메이트 쪽으로 흘러갈 때마다 그 청승맞은 우정 시뮬레이션이 떠오르면서 찜찜해졌다.

"3반 백산하라고, 애 알아? 운동장에서 축구하는 거 몇 번 보긴 했는데."

채린이가 내 앞에 휴대폰을 들이밀었다. 축구공 위에 한 발을 올리고 서서 땀을 닦는 남자애 사진이다. 이런 사진은 또 어디서 구했는지. 얼굴을 문지르는 천 조각이 수상쩍어서 사진을 확대했더니 윽, 안경 닦는 천이잖아! 나는 내 이상한 눈썹을 거울로 확인했을 때처럼 미간을 찌푸리지 않으려고 얼굴 근육에 힘을 줬다. 메이트가 채린이의 썸남 후보로 추천했다는 백산하란 애는, 안경 닦는 천으로 얼굴을 닦는다는 점 빼고는 평범해 보였다. 어디가 어떻게 귀여운 지는 모르겠다.

"난 모르는 애야."

"그래? 어떤 거 같아?"

"음, 귀여운 거 같아."

입가를 강력 접착제로 고정한 듯 경직된 웃음을 지으며 대답했다. 멋지거나 잘생겼다는 거짓말보다는 한두 단계 아래의 빈말이다.

"김채린 웬일이야? 너 썸 같은 거 관심 없었잖아."

"맞아, 고백받아도 다 거절했으면서."

"진정해, 진정해. 심심해서 해 봤다니까. 썸남 생기면 너희랑 안 놀아 줄까 봐 걱정돼서 그래? 걱정 마, 메이트가 우리는 영원한 친구라 그랬다고."

채효미는 주거니 받거니 키득거리며 강은서에서 백산하로, 백산하에서 솔라시로, 솔라시에서 다시 우리 반 누구누구로… 숨 가쁜 속도로 수다 롤러코스터를 탔다. 나는 듣는 것만으로도 멀미가 났다.

다음 정류장이 방송국이라는 안내 방송이 나오자 내릴 준비에 부산해지는 채효미. 채린이는 향기 나는 파우더로 모자라 향수를 뿌렸고, 미소는 앞머리에서 롤을 뺐고, 효주는 운동화 끈을 묶었다. 나? 나는 시간을 확인했다. 1시 15분. 3시부터 입장이고 방송은 4시 시작이다. 오늘 일정은 아직 시작도 안 했다.

방송국 앞은 음악 방송을 방청하러 온 사람들로 줄이 길었다. 신분증을 보여 주고 방청권을 받으려는 줄이었다. 입장까지 2시간 가까이 남았는데도 북새통이다. 채린이와 효주가 화장실에 다녀오겠다고 하자 미소도 따라나섰다. 그늘 밑에서 5분쯤 기다렸을까, 효주가 걸어왔다.

"채린이랑 미소는 좀 걸릴 거 같다고, 줄 먼저 서 있으래."

생각해 보니 채효미 누구와도 단둘이 있어 본 적이 없다. 언제나 넷이거나 셋이었다. 줄 끄트머리로 걸어가는데 발꿈치에 어색함이 따라붙었다. 함께 지내 온 시간에 차이가 있어서도 그렇겠지만, 미소와 효주는 채린이에게 하듯이 나를 대하지 않았다. 차별이나 푸대접까지는 아니고 경계와 낯가림 사이 어디쯤. 그런 태도가 서운하지는 않았고, 오히려 편한 구석도 있었다. 효주와 미소마저 채린이처럼 인간관계가 그리는 도형이 어떤 모양이건 그 중심에 서야 직성이 풀리는 성격이었다면, 난 숨이 막혔을 것이다.

"너, 솔라시 좋아하는 거 맞아?"

허를 찌르듯 훅 들어온 질문에 숨을 잠시 멈추고 효주를 봤다. 이마에서 땀 한 줄기가 흘러내린다. 접힌 바지 밑단을 펴려고 몸을 숙인 효주는, 어떤 얼굴인지 보이지 않았다.

"좋아하는데… 왜?"

"뭔가 애쓴다는 생각이 들어서."

고개를 들었는데도 효주 표정은 가늠하기 어려웠다. 대화인지 공격인지, 공격이라면 강도는 몇 단계이며 목적은 무엇인지, 곰이 가지고 놀다 던진 실타래처럼 머릿속이 뒤엉켰다.

"암튼, 채린이가 뭐라고 하든 싫으면 싫다고 해."

뭐지? 나를 걱정해서 하는 얘기인가? 너는 아는구나, 하며 손을 맞잡고 싶은 한편으로 네가 뭘 알아, 외치고 싶기도 했다.

"난 네가 채린이 3학년용 친구가 될 줄은 몰랐어."

3학년용 친구? 살갗 저 안쪽에서부터 타오르는 내 얼굴. 사람한테, 친구한테, 3학년용…이라니.

"우리 셋이 1학년 때 친했다고 그랬지? 채린이는 2학년 때 놀던 애들이랑은 마주쳐도 알은척도 안 해. 대판 싸웠거든."

효주는 화장실이 있는 건물 쪽을 주시하며 말을 이었다. 팔짱을 낀 채, 선크림 바른 다리를 한 짝 앞으로 뻗고.

"왜 싸웠는데?"

효주가 왜 이런 이야기를 꺼냈는지, 하려는 말이 무엇인지 정리가 안 된다. 위로일까, 모욕일까, 이도 저도 아니라면

짓궂은 장난일까.

"뭐, 메이트 때문이지. 저기 애들 온다."

효주가 손을 흔들자, 채린이와 미소가 빠른 걸음으로 다가왔다.

방청권을 받으려고 줄을 서 있는 동안, 공개 홀로 들어가 방송 시작을 기다리는 동안, 진행자가 첫인사를 하고 가수들이 나와서 노래하고 춤추는 동안, 효주가 한 말이 투명 파리처럼 귓가에서 윙윙거렸다. 파리는 스윈이 나오고 나서야 날갯짓을 멈췄다.

채효미는 스윈을 보는 둥 마는 둥 했지만 나는 동맥이 지나는 곳마다 콩닥거리는 심장 박동을 느끼며 무대를 지켜봤다. 특히 용후 부분에서는 두 손을 모아 쥐고 기도하듯 응원했다. 금빛이 돌게 구운 식빵에 버터 반, 딸기잼 반을 펴 바른 듯 감미로운 목소리. 사진 촬영이 금지되어 있어서 눈과 귀로 사진을 찍어 기억 속 사진첩에 저장한다.

방송이 막바지에 이르자 솔라시가 등장했다. 환호와 함성으로 홀 전체가 들썩였다. 오늘치 소원을 이미 달성한 나는 홀을 두리번거리고 채효미도 관찰할 여유가 충분했다. 셋 다 무아지경에 무릉도원에 감개무량에, 내가 아는 사자성어를 내일 입을 옷처럼 다 꺼내 늘어놓아도 얘들 표정이며 몸짓을 표현하기에는 부족하다. 기쁨으로 눈물을 반짝이는 채린이와 눈이 마주치자, 나는 홀을 뒤흔드는 환호성에 맞추어 꺄아아 립싱크를 했다. 사는 게 참 이렇게 날이 갈수록 피곤한 일인 줄 알았더라면 얼른 나이 먹고 싶다고 보채지 않았을 텐데.

방송이 끝나도 그것으로 끝이 아니었다. 채효미는 솔라시 퇴근길을 지켜봐야 한다며 홀을 뛰쳐나갔다. 바람 빰치는 속도였는데도 건물 밖은 방송을 마치고 떠나는 가수들 차를 기다리는 팬들로 북적였다. 이만큼 열심히 했으니 나 지안은 집에 가서 샤워하고 김치볶음밥에 후식으로는 요거트를 먹을 자격이 충분했다. 그렇지만 고픈 배와 아픈 다리를 참으며 채효미와 함께 솔라시를 기다려야 했다. 솔라시는 대기실에서 짜장면이라도 시켜 먹었는지 한참 지나서야 나왔고, 나는 길거리에서 또 가짜 함성을 질러야 했다.

정말이지 긴 하루였다.

괜찮아?

"우린 진짜 메이트가 정해 준 운명이라니까!"

가방을 메고 온 채린이가 나를 얼싸안았다. 우리는 조금 전, 1학기 마지막 자리 배정에서 1분단 두 번째 줄을 뽑아 짝이 되었다.

"메이트 그거, 잘 맞아? 난 별로던데."

앞자리 아이가 물었다. 별로라고는 하지만, 우리 반 애들 대다수가 다른 애들과 잘 지낼지 우정 적합도를 측정해 봤을 것이다. 누가 자신의 썸남, 썸녀로 적합할지 알아본 애들도 있을 테고. 심심풀이로 돌려 보기 딱 좋으니까.

"잘 맞고 안 맞고 그런 문제가 아니야. 메이트는 점쟁이가 아니거든."

채린이가 가방을 내리고 창가에 앉으며 대답했다. 제비뽑기 결과에 따르면 거기는 내 자리였지만 난 군말 없이 통로 쪽에 앉았다. 식물에 광합성이 필요하듯, 채린이는 햇빛 드는 창문 옆에서 찍은 사진이 필요하다. 여름 방학이 오기까지 한 달 반을 함께 지낼 운명적 짝이니 이 정도 양보쯤이야 기꺼이 하겠다.

"좀 전에 메이트가 정해 줬다고 하길래 한 말이지, 난."

"말이 그렇다는 거지. 그래도 메이트는 각종 데이터를 분석해서 가장 적합한 조언을 제공하잖아. 통계적 분석을 바탕으로 한 과학이라고."

메이트 앱 상단에 공지 사항으로 고정해 놔도 손색없을 설명이었다. 채린이는 앱에 시시콜콜한 것까지 정해 달라며 물어보면서도, 누가 그 점을 일깨우면 이렇게 정색하며 공지 사항을 읊는다. 앞자리 아이가 무안해하려는 찰나, 가방 앞주머니에서 곰돌이 젤리를 꺼내어 내미는 채린이.

"메이트가 너도 되게 좋은 애라고 그랬어. 감수성이 풍부하고 섬세한 타입이래."

앞자리 아이는 달콤한 젤리를 벌써 입에 넣기라도 한 듯 관대한 표정이 되었다. 메이트의 과학적 조언 덕분인지는 몰라도, 채린이는 마음만 먹으면 어떤 상대든 한순간이나마 반짝거리게 하는 솜씨를 갖추었다. 물론 그 반대도 가능하고.

1분단 맨 끝, 나 홀로 지정석에는 강은서가 앉아 있다. 언제나처럼 이어폰을 낀 채 책을 본다. 펼쳐진 책은 교과서나 문제집일 때도 있고, 소설이나 그래픽 노블일 때도 있다. 저 이어폰은, 용건 없으면 말 걸지 말라는 방어막 같기도 하고 다른 세상으로 이어지는 통로 같기도 하다. 짝 없는 생활을 즐기는 강은서가 있어서 우리 반은 둘씩 묶으면 하나가 남는 홀수인데도 별다른 잡음 없이 제비뽑기로 자리를 정한다.

평화롭게 흘러가는 하루인가 싶었는데, 급식을 먹기도 전에 문제가 생겼다. 그것도 채린이와 강은서 사이에서.

* * *

3교시 국어 시간에는 '주말에 한 일'이라는 주제로 10분 글쓰기를 했다. 네 명씩 모둠을 지어 글을 돌려 읽고, 그중 한 편을 골라 옆 모둠과도 돌려보는 수업이었다. 우리 옆 모둠은 강은서가 속해 있어서 다섯 명이었다.

"친구들 글을 읽고 나면 그 밑에다가 한두 줄씩 소감을 써 주는 거예요. 솔직하지만 무례하지 않게, 알았죠?"

쓴 글을 모둠 안에서 돌려 읽을 때 보니, 채린이는 토요일 밤에 언어 교환 앱에서 한 외국인을 만나 대화했다고 한다. 한글을 궁금해하기에 한글로는 네 이름을 '애나'라고 쓴다고 알려 주고, 한글 창제에 얽힌 역사까지 들려주었다고. 나는 '와! 한글도 알리고 좋은 일 했네.'라고 소감을 적었다.

우리 모둠에서는 채린이 글이 뽑혀서 옆 모둠으로 갔고, 옆 모둠에서도 글에 소감을 달아서 돌려줬다. 다른 모둠원들이 소감을 먼저 읽고 우리 자리로 넘겼다. 웃음기 어린 표정으로 활동지를 살피던 채린이 얼굴이 굳는다. 나는 그 시선이 어디에 못 박혔는지 넘겨다봤다.

언어 교환이라니 재밌었겠다. 그런데 '세종 대왕이 신하들을 시켜 한글을 창제했다.'라고 설명했다는 부분, 그거 오해의 소지가 있지 않을까? 세종 대왕이 한글을 창제했고, 집현전 신하들은 세종 대왕의 명에 따라 한글 해설서인 훈민정음해례본을 썼다고 알고 있거든. 작년 국어 시간에도 그렇게 배웠고 말이야. 다음에는 좀 더 정확하게 알려 주면 좋을 거 같아.

-강은서

그러고 보니 작년에 '한글의 창제 원리'였나, 하는 단원에서 강은서가 말한 내용을 배운 기억이 났다. 한 나라의 군주가 직접 글자를 만든 것은 매우 특별한 사례라는 내용이 있었다.

"강은서 얘 뭐야? 나한테 시비 거는 거 맞지? 봐, 여기에 자기 이름까지 적어 놨어. 아주 날 가르치고 있잖아. 공부 좀 한다고 나대기는!"

활동지가 구겨지도록 힘을 준 채린이 손이 떨렸다.

나는 가지런하게 또박또박 쓴 글씨를 상형 문자를 해독하듯 들여다봤다. 그러니까 그게, 애매했다. 채린이가 외국인이 오해할 만한 발언을 한 것 같기는 한데, 그걸 콕 짚어서 지적한 강은서도 뭘 굳이 그렇게까지, 싶었다.

"시비라기보다는, 그냥 아는 걸 말해 주고 싶어서 그런 거 아닐까?"

"지안이 넌 너무 착해서 뭐든 좋게만 본다니까. 얘가 한 말이 맞긴 맞아?"

"작년에 그렇게 배우긴 했어."

"직접 했든 시켜서 했든 그게 그거지, 말꼬리 잡으면서 잘난 척이야. 친구도 없는 게!"

'친구도 없다'는 강은서를 겨눈 말인데도 괜히 내가 다 뜨끔했다. 나랑 짝이 됐다고 기뻐하는 채린이를 보고도 이러다니, 만성 피부염보다 끈질긴 자격지심이다. 그런데 강은서라고 해서 친구가 없지는 않았다. 혼자 앉기를 선호할 뿐이지 체육 시간이나 점심시간, 모둠별 활동을 할 때 보면 애들 사이로 경계 없이 잘 녹아든다.

채린이는 선생님 눈을 피해서 메이트에 접속하더니 인공지능 대화창을 열었다. 빠른 속도로 이어지는 질문과 답. 그러고는 수업이 끝나자마자 분연히 떨치고 일어나서 강은서 자리로 간다.

"왜? 무슨 일이야?"

허리에 두 손을 올리고 선 채린이를 보더니, 이어폰을 끼려다 말고 묻는 강은서.

"이거, 사과해."

채린이는 활동지를 책상에 패대기치듯 내려놓았다. 반 애들 시선이 그쪽으로 쏠리고, 효주와 미소가 달려왔다. 나는 내 자리에서 사태의 추이를 지켜보기로 했다. 메이트가 오늘따라 적절치 않은 조언을 한 듯했다. 저런 대응은 채린이 방식이 아니었다. 곰돌이 젤리와 팔짱과 다정한 말투, 뭐든 향긋한 것을 좋아하는 취향, 몇 미터라도 거리를 두고 하는 뒷말… 그런 무기가 있는데 왜 저렇게까지?

"사과? 내가 뭘?"

"이게 비웃는 거지 소감이야? 기분 나쁘니까 사과해."

"난 틀린 말 한 적 없는데."

강은서는 자기가 쓴 몇 줄짜리 글을 훑어보고 대꾸했다.

"내 말을 멋대로 오해하고 넘겨짚었잖아. 세종 대왕이 한글 창제한 거 모르는 한국인도 있어? 난 애나한테 제대로 설명했다고. 그렇지, 지안아?"

채린이 목소리가 그 옆을 방패처럼 지키고 선 효주와 미소를 창처럼 뚫고는 내 쪽으로 날아왔다. 나는 화들짝 놀라 자리에서 일어났다. 2반 교실이라는 좁고 깊은 우주의 관심이 쏠리는 바람에 목덜미가 뜨거워진다.

"그, 그렇지…."

"봐, 그렇다잖아. 이상한 소리 한 거 사과하라니까?"

그러자 강은서가 나를 봤다. 진짜 그렇게 생각하느냐고 묻는 눈빛. 나는 마른기침을 콜록거리며 의자에 앉아 몸을 수그렸다. 소 자매네 4반으로 이동하는 웜홀은 언제쯤 개발될까.

"난 써진 대로 이해한 거지, 넘겨짚지 않았어. 내가 정확히 이해하길 바랐다면 너도 정확히 썼어야지."

"정확하고 안 정확하고, 그걸 왜 네가 평가하고 난리야.

선생님이 무례하게 굴지 말랬잖아. 나 이거 보고 엄청 불쾌했어. 너, 나한테 무례한 짓을 한 거라고."

"예의와 무례를 나누는 기준이 네 기분이야? 난 정확한 사실을 알려 주고 싶었을 뿐이야. 네가 외국인 친구한테 한글에 대해 알려 주고 싶었던 것처럼."

"그럼 나한테 따로 와서 말하든가 하지 왜 여기다가 떡하니 써 놔? 날 공개적으로 망신 주려는 거잖아!"

"이런 걸 망신이라고 느낀다면 자존감에 문제가 있는 거 아닐까? 그리고 지금 이 문제를 공개적으로 떠들고 있는 사람은 내가 아니라 너야."

"야! 너 말 함부로 하지 마!"

효주가 강은서에게 한 발짝 다가서며 소리쳤고, 채린이는 창백해진 얼굴로 팔을 뻗어 효주를 막았다. 나처럼 안절부절못하던 미소가 내 자리로 오더니 "싸움 나면 어떡해?" 하고 속삭였다. 이럴 때 보면 미소는 채린이와 효주보다는 나랑 색깔이 비슷하다. 속마음을 속 시원하게 말하지 못해서 자기 속이 턱 막히는 고구마형 인간. 괜찮을 거라는 뜻으로 미소의 손을 살짝 잡았다가 놓았다. 미소가 걱정하는 싸움이 말싸움이라면 이미 났고, 몸싸움이라면 채린이가 그럴 리 없고, 효주가 욱해서 나선다 해도 강은서가 상대하지 않을 테고. 평정심을 잃지 않고 침착하게 구는 강은서를 보자 나도 불안감이 가라앉으면서 차분해졌다.

"난 너한테 도움을 주려고 한 거야. 다음번엔 좀 더 정확히 설명해 주면 좋겠다는 마음이었지, 다른 뜻은 없어. 그리고 활동지에 쓴 건, 다른 애들도 우리가 배운 걸 상기했으면 좋겠으니까 그런 거고. 네 글을 보고 헷갈린 애들이 있을 수도 있잖아."

"뭐? 도움? 그런 건 내가 알아서 하거든? 강은서 네가 뭐 한글 주인이라도 돼? 한글이 네 거야? 왜 이래라저래라 참견인데!"

"같은 논리로, 한글이 네 것만도 아니잖아? 난 누가 우리나라 글자를 잘못 말하고 다니는 거 싫어. 말할 거면 제대로 말했으면 좋겠다고."

그러자 효주가 끼어들어서 쏘아붙였다.

"야, 됐어. 들어 보니까 별것도 아닌 거 갖고 물고 늘어지고 난리야. 입만 열면 잘난 척에 아는 척이니까 맨날 혼자지. 혼자 앉겠다고 선수 치고 나서면 뭐, 진실이 가려질 거 같아? 아무도 너 안 좋아해, 강은서. 너 되게 재수 없다는 거나 똑똑히 알아 둬. 도움 되라고 알려 줬으니까 불만 없지?"

효주는 마무리하듯 강은서를 노려보고는 채린이를 데리고 우리 자리로 왔다. 채린이는 허리가 꺾인 인형처럼 책상에 엎어지더니 어깨를 들썩거렸다. 우는가 싶었는데 한숨을 올려 쉬고 내려 쉬며 숨을 고르는 중이었다. 적진을 쑤시고 들어갔으니 쉽지 않은 전투였겠지. 그렇다면 강은서는 적진을 지키는 적장인가? 채린이의 적이라면 나에게도 적이고? 아, 모르겠다.

강은서는 구겨진 활동지에 두 손을 올린 채 창밖을 바라보고 있었다.

운동장 위로 펼쳐진 여름 하늘이 맑아도 너무 맑았다.

* * *

채린이와 효주는 '오지랖 악플 사건'이라 규정한 그날 일을 잊지 않았고, 틈날 때마다 강은서에게 으르렁거렸다. 어깨를 맞대고 수군거리며 쏘아본다든지, 걔 자리를 지나갈 때 엉덩이로 책상을 밀친다든지, 휴지나 초콜릿 껍질 같은 쓰레기를 서랍에 넣어 놓는다든지…. 제3자에게는 유치한 복수처럼 보이겠지만 내가 저걸 당하고 있다고 상상하면 소름이 끼칠 만큼 오싹했다. 같은 반 아이와 사이가 나쁘다는 건 정말이지 끔찍한 불행이다. 1년짜리 우정권과 정확히 반대에 있는 탈락자 명단이랄까.

그러나 강은서는 채린이와 효주가 뭘 어찌하든 신경 쓰지 않는 눈치였다. 속마음은 알 길 없어도 겉보기로는 그랬다. 수업 시간에 뒤를 돌아보면 그 애는 선생님을 보고 있었고, 쉬는 시간에는 평소처럼 음악을 들으며 책을 읽거나 다이어리를 정리했다. 운동장이나 체육관, 음악실로 갈 때도 먹잇감이 되기 싫어 서두르거나 늑장을 피우지 않고 제 속도대로 느긋했다. 급식실에서도 근처에 앉은 애들과 이야기를 나누며 밥을 먹었다. '날 괴롭힌다고? 난 괴로워할 생각 없는데?' 하는 느낌으로 초연한 강은서를 보니 내가 왜 안심이 되는지. 나는 채린이와 효주에게 별 효과도 없는 보복은 그만두라고 말할 용기도, 강은서에게 가서 그 둘 대신 사과할 뻔뻔함도 없었다.

"걔 코를 납작하게 해 줄 방법을 알려 달라고 하니까 메이트가 그건 안 된대. 다른 사람한테 해를 입히는 조언은 못 하게 되어 있다나. 질문을 바꿔서 해 봐도 안 통해."

점심시간, 화장실에서 채린이가 한 말이었다. 내 교복 블라우스에 묻은 찌개 국물을 지우러 온 참이었다. 효주와 미소는 수학 숙제를 하러 교실로 갔고.

끝 쪽 칸이 열리는 소리가 났고, 거울을 보며 앞머리를 매만지던 채린이가 말을 멈췄다. 세면대로 손을 씻으러 오는 사람은, 강은서였다. 채린이는 '걔'라고 했지만 그 대상이 누구인지는 이 거울도 듣는 귀가 있다면 알 것이다. 수도꼭지에서 물이 쏟아지고, 블라우스에서는 물 묻은 얼룩이 번져 갔다. 거울에 비친 강은서는 입술을 꼭 다물고 있었다.

"하여간 잘난 척은!"

손수건으로 손을 닦으면서 나가는 강은서 뒤통수에 대고 채린이가 말했다.

"할머니처럼 손수건은 또 뭐야. 지구를 살려 주세요, 어쩌고 쓰여 있는 거 봤지?"

'살려 주세요'가 아니라 '구해 주세요'였지만 나는 고개를 끄덕였다. 다 지워지지 않은 얼룩이 어쩌 마음으로 옮겨 와 묻은 기분이었다.

뒤이은 5교시는 체육, 피구를 하는 날이었다. 나, 채린이, 미소가 같은 팀이었다. 효주는 강은서와 같은 팀이 되자 얼굴을 찡그리며 싫은 티를 냈다. 둘 다 운동 신경이 좋아서 힘을 합하면 득점 기회가 많을 텐데도 효주는 강은서에게 패스하지 않았다. 강은서는 공을 잡자 가장 좋은 위치에 있는 효주에게 패스했는데, 효주는 그걸 받지 않고 피하다가

역공을 당해 아웃되었다. 효주가 애꿎은 강은서를 원망하듯 노려보고 라인 밖으로 나가자, 상대편에는 강은서를 포함해 두 명만 남았다. 우리 팀은 어쩌다 보니 나까지 포함해서 세 명. 체육 시간이 수학 문제만큼 곤혹스러운 나는 애들 등 뒤에 숨어 다니며 목숨이나 부지했다.

강은서는 하나로 묶은 머리를 날랜 새의 꼬리 깃털처럼 휘날리며 뛰어다녔다. 공을 잡거나 피하려고 뛰어오르기도 하고 뒷걸음치기도 하는 그 애는, 진심으로 이 시간을 즐기는 듯했다. 이마에 맺힌 땀방울이 눈빛처럼 반짝였다.

"지안아! 던져!"

아웃돼서 나가 있던 채린이가 나에게 패스하며 외쳤다.

정신을 차리니 내 손에 들린 공. 마침 위치도 최전선이고, 이제 상대편 생존자는 강은서뿐. 채린이가 말한 대로 공을 던져서 강은서를 맞혀야 했다. 연습이라 해도 시합은 시합이니까. 내가 어설픈 자세로 공을 머리 위로 쳐들자, 강은서가 몸을 낮추며 경계 태세를 취했다. 내 나름 독기를 품고 애써 던진 공은, 잘못 배달된 택배처럼 강은서 품에 불시착하고 말았다. 강은서는 가벼운 손놀림으로 우리 편 한 명을 맞혀서 아웃시켰다. 채린이가 아쉽다는 듯 한숨을 내쉬며 한 발을 땅에 대고 굴렀다. 얼마 지나지 않아 나도 공을 맞고 말았다.

우리 팀 마지막 생존자가 역시 마지막 생존자인 강은서에게 있는 힘껏 공을 던져 맞혔다. 시합 끝, 승리. 강은서는 공에 맞은 어깨가 아픈지 그쪽에 손을 올렸다. 채린이의 명랑한 웃음소리가 바닥으로 떨어진 공과 함께 또르르 굴러갔다.

나는 본의 아니게 최후의 3인에 포함되는 바람에 긴장했더니 화장실이 급해져서, 수업이 끝나자마자 운동장을 가로질러 뛰어갔다. 신관 1층, 교무실과 도서실만 있어서 한적한 층이었다. 급한 용무를 해결하고 칸 밖으로 나오자, 강은서가 세면대 앞에 서서 목덜미에 묻은 먼지와 흙을 닦아내고 있었다. 나는 옆자리로 가서 손에 비누를 묻혔다.

"저기…."

강은서와 내가 동시에 한 말이다. 우리는 1초나 2초쯤 거울에 비친 서로를 바라보았고, 뒤이어 강은서가 이렇게 물었다.

"괜찮아?"

조금 전 내가 하려던 말이어서 놀랐다. 센 공에 맞았는데 괜찮으냐고 물어보려던 참이었다. 왜 그 질문을 나한테 하지? 내 경우는 등을 스치는 공이어서 별 느낌도 없었다.

"응? 뭐가?"

"요즘 너무 애쓰는 거 같아서."

음악 방송을 보러 간 날, 효주가 긴 줄 끄트머리에서 한 말과 똑같았다. 강은서와 서효주만큼 결이 다른 사람도 찾기 힘들 텐데 그 둘한테서 똑같은 말을 들었다.

"예전에 소라, 소연이랑 있을 땐 안 그러지 않았어?"

바윗돌이 올라앉는 느낌에 어깨가 처졌다. 쓸데없는 참견은 참아 줄래? 채린이라면 쏘아붙였을 말이지만, 나는 김채린이 아니라 나지안이라서 이렇게만 말했다.

"내가 뭘? 같은 친구랑만 어울리라는 법은 없잖아."

"그건 그렇지. 꼭 친구가 있어야 한다는 법도 없고, 친구들하고 항상 붙어 다녀야 하는 것도 아니고."

자기 자신에게 하는 말인지, 나 들으라고 하는 말인지 모르겠다. 아니면, 둘 다인가?

"그냥 네가 괜찮은지 궁금했어. 걔들, 나한테 그런다는 건 너한테도 그럴 수 있다는 뜻이니까."

"뭐? 무슨 그런 말을 해? 난 채린이… 친구야!"

'나한테 그런다는'이 어떤 의미인지는 나도 정확히 알았다. 내 친구 김채린은 자기 딴에는 최선을 다해 강은서를 괴롭히고 있다. 계속해서 강은서에게 공을 던졌고, 이따금 나에게도 '지안아, 던져!' 하며 패스했다. 그 공을 땅에 떨어뜨려 김을 빼는 정도의 미약한 저항도 쉽지 않은 일이었다. 나는 나를 강한 힘으로 끌어당기는 쪽으로 몸을 더 기울인 방관자였다.

"그럼 난 뭐, 걔들 원수라도 돼? 솔직히 말해 볼까? 걔들 그러는 거, 나한테 별 타격 없어. 어린애도 아니고 유치하잖아. 유치한 게 무섭니? 괴로워? 아니, 우습지. 좀 성가시기는 해. 자꾸 주변에서 알짱대니까."

강은서는 조금 빠른 속도로 말하고서 고개를 내젓더니, 손수건으로 손을 닦았다.

"너도 나 싫어해? 내가 잘난 척하고 오지랖 넓어서?"

이참에 생각해 보자, 내가 정말 얘를 싫어하는지. 채효미, 정확히 말하자면 채린이와 효주를 따라 싫어하려는 노력이라도 해 봤던가? 그런 게 의리인지는 모르겠지만 아무튼 친구끼리 의리를 따져서라도? 방금 전 말했듯이 채린이와 나는 친구인데, 강은서는 친구가 싫어하는 애인데…. 글쎄, 잘 모르겠다. 노력한다고 해서 없는 악감정이 생기지는 않으니까. '오지랖 악플 사건'만 해도 강은서를 대하는 채린이와 효주의 태도에 눈살이 찌푸려지거나 불편할 때가 많았고, 강은서가 펼쳐 놓은 다이어리에 혹시 내 욕이라도 적혀 있진 않을지 찜찜하기도 했다. 채린이가 비웃은 저 할머니 손수건만 해도 내 눈에는 묘하게 귀여워 보였다. 아무래도 내가 강은서를 싫어한다고 보기는 어려울 듯하다.

"국어 시간에 소감 쓴 것도 그렇고 지금도 그렇고, 누군가한테 도움이 되고 싶어 한 일인데 욕을 먹으면 나도 기분이 좋지는 않아. 하지만 그래도 어쩔 수 없는 일인 거 같아."

뭐라 답해야 할지 몰라 멈칫거리는 사이, 강은서가 화장실을 나갔다. 그 뒤를 따라 나간 나는 몇 걸음 걷다가 멈춰섰다. 복도 끝, 채린이가 창밖을 내다보고 있었다. 열린 창문으로 불어 들어오는 바람에 윤기 흐르는 머리카락이 흔들린다.

강은서는 채린이 옆을 스쳐 지나갔다. 그 뒷모습을 잠시 바라보던 채린이가 나에게 시선을 돌리고 물었다.

"괜찮아?"

여러 의미가 담겨 있겠지만 나한테는 '우리, 괜찮은 거야?'라는 말로 들렸다.

"그냥, 화장실이 급해서 다녀오느라고."

작은 목소리로 대답했다. 다른 차원으로 원정 피구 시합이라도 다녀온 듯 피곤했다.

채린이는 아무 말도 하지 않고 운동장을 주시했다. 어떤 남자애가 축구공을 발로 굴리며 걸어왔다. 어디서 본 얼굴인데 누구지? 아, 쟤! 내 표정 변화를 눈치챘는지 채린이가 맞아, 하듯 슬쩍 웃었다.

그 남자애는 메이트가 추천한 채린이의 썸남 후보, 백산하였다.

그런 애가 아니야

일이 잘못되어 망가지는 것, 파국.

파국이란 무엇일까. 아재 개그의 최고봉을 자처하는 우리 아빠라면 파를 썰어 넣은 국인가, 하며 파하핫 웃을 것이다. 엄마는 진상이 득시글거리는데 월급은 쥐의 코털만큼 주는 회사라고 답하겠지. 나지훈이라면? 짜장면을 주문했는데 짬뽕이 먹고 싶어지는 상황, 그것이 파국이라고 정의 내리지 않을까.

나에게 파국이란, 같은 반에 친한 친구가 한 명도 없는 것. 거기서 더 뒷걸음친다면, 있던 친구가 없어지는 것이다.

채린이가 언제부터 변하기 시작했을까. 방송국에서 내가

솔라시보다 스윈을 보며 눈을 빛냈을 때? 피구 시합에서 강은서를 맞히지 못했을 때? 사람 마음과 태도가 머리, 가슴, 배로 나누어지는 곤충도 아니고, 난 잘 모르겠다.

나와 채효미 사이에 처음으로 싸늘한 기류가 형성된 날이 언제였는지는 확실하다. 학원 끝나고 마라탕을 먹으러 간 금요일 저녁이었다. 그날따라 효주가 백산하 쪽으로 이야기를 몰고 갔다.

"걔 어때? 보면 볼수록 맘에 들어? 아니면, 계속 보다 보니까 별로야?"

"보면 얼마나 봤다고. 말도 한 번 안 해 봤는데."

채린이는 무심한 척 옆머리를 넘기면서도 입가에 떠오르는 웃음을 숨기지 않았다.

"에이, 점심시간마다 운동장 내다보던걸?"

미소마저 효주를 거들고 나서자, 채린이가 웃는 얼굴로 나를 봤다. 무슨 말이든 보태야 할 시점이었다.

"걔는, 음, 축구를 되게 좋아하는 거 같더라."

뭉친 포두부에 국물을 끼얹으며 뱉은 궁색한 한마디. 나에게 백산하는 땀으로 범벅된 얼굴을 꼬질꼬질한 안경닦이 천으로 닦는 애일 뿐이었다.

"초등학교 때 축구부였는데 얽매이는 거 싫어서 관뒀다

나 봐. 걔가 쓰던 트위터를 메이트가 찾아 줬거든."

채린이가 휴대폰으로 백산하의 트위터를 보여 주었다. 축구공을 옆구리에 끼고 찍은 프로필 사진, 초등학교 5학년쯤 되어 보인다. 듣도 보도 못했던 애의 어린 시절까지 알아보다니. 학교에서 걔랑 스쳐 지나갈 때면 아는 사이라는 착각이 들 지경이다. 이쯤 되면 아는 애는 맞지. 그쪽에서는 나를 모르지만.

"메이트가 뭐래? 진전시켜 보래?"

"일단 말이나 나눠 보라는 정도? 올해 지나면 졸업이니까 시간이 없기도 하고."

백산하를 포함한 새별중 애들이 내일 행성중에서 그쪽 애들과 축구 시합을 벌인다는 이야기가 나왔다. 그런 사소한 소식까지 수집하다니 메이트가 정보통은 정보통이다. 나에 관해서는 어떤 정보를 긁어모아 채린이에게 전달하고 있을지, 새삼 꺼림칙해졌다. 얼마 전에는 메이트 개발사가 소송에 걸리기도 했다. 한 회원이 메이트가 자신의 정보를 수집해 마음대로 다른 회원에게 제공했다며 문제를 제기한 것이다. 하지만 메이트 개발사는 사용자들이 앱을 설치하고 회원 가입을 할 때 이용 약관에서 이미 동의한 사항이라고 항변했다. 나만 해도 어려운 말로 가득한 이용 약관은 잘 읽어 보지도 않고 동의했다. 동의하지 않으면 앱을 사용하지 못하니, 어쩔 수 없는 일이었다.

"내일 행성중으로 보러 가자!"

"뭘 보러 가? 축구?"

효주 말에 채린이가 딴청을 부렸다.

"걔들 축구를 뭐 볼 거 있다고. 당연히 백산하지. 이것저것 살펴보고 결정을 내리는 거야."

"결정은 무슨 결정을 내려. 나 공부해야 돼."

"공부는 맨날 하는 거고, 좀 전에는 시간 없다더니? 졸업까지 갈 것도 없이 좀 있으면 여름 방학이잖아. 내일 4시라고 했지? 학원 끝나고 가면 딱 되겠다."

채효미가 토요일 일정을 정하는 동안, 나는 벌건 국물이 배어든 떡을 덜어 먹었다. 뜨겁고 매워서 입안이 화끈거리고 이마와 인중에 땀이 맺혔다. 매운 음식은 내 전문 분야가 아니지만 채효미 취향이 불처럼 타오르는 매운맛이라 그쪽으로 맞춰 줘야 한다. 그래도 나를 생각해서 매운맛 4단계까지 안 가고 3단계로 타협을 봤으니 고마워해야 하나.

"지안아, 너도 같이 갈 거지?"

채린이가 말하는 순간, 난 배춧잎에 붙은 건고추를 씹고 말았다. 폭죽처럼 터진 매운맛에 목구멍은 불이 나고 혀와 입술이 마비됐다. 이건 미쳐도 보통 미친 맛이 아니다. 의자가 덜컹거릴 만큼 벌떡 일어나 정수기로 달려갔다. 채효미는 마라탕을 먹을 때 매운맛이 희석된다며 물도 안 마신다.

"쟤 얼굴 빨개진 거 봐. 마라탕 국물로 세수한 줄?"

효주가 농담을 던지자 채린이와 미소가 맞장구치듯 웃었다. 나는 웃을 상황이 아니었다. 물을 두 컵이나 들이켰는데도 차도가 없어서 괴로움에 몸서리쳤다.

"그렇게 매워? 내일 시합 끝나면 빙수 먹으러 가야겠네."

물을 떠서 테이블로 돌아가자, 채린이가 생글거리며 말했다. 지금 매워 죽겠는데 내일 먹는 빙수가 무슨 소용이람? 매운 음식은 잘 못 먹는다고 몇 번을 말했는지. 토요일에 행성중까지 가서 백산하와 그 외 기타 등등이 이리 뛰고 저리 몰려다니는 축구 시합을 봐야 한다니, 건고추가 잇새에 낀 듯 짜증이 솟구쳤다.

"난 안 갈래."

"뭐? 왜?"

채린이가 잘못 들었겠지, 하는 표정으로 눈을 깜빡거렸다. 효주와 미소도 숟가락을 쥔 채 나를 주시했다.

"그게, 일이 있어서 못 갈 거 같아."

쓸데없이 너무 단호했나 싶어서 짜증을 누그러뜨리고 말

했다.

"무슨 일인데?"

그쯤에서 물러설 법도 한데, 채린이는 한 발짝 더 죄어왔다. 나도 채린이도 평소와는 달랐다. 내가 씹은 건고추한 조각쯤 되는 크기와 두께로, 미묘한 신경전.

"별건 아니고 그냥 좀, 그런 게 있어."

앞접시에 흥건한 국물을 젓가락으로 휘저으며 대답했다. 평일로도 모자라 토요일 저녁때까지 채효미를 따라다니는 일정이라니, 생각만으로도 숨이 막혔다. 방에 드러누워 스윈 노래를 듣다가 배고파지면 매운맛 0단계인 무지개떡이나 쪄 먹는 주말이 그리웠다. 그러자 내 안의 내가 혀를 차며 잔소리를 퍼부었다. 뭐, 숨이 막혀? 아주 배가 불렀구나. 얼마나 배가 부르면 숨이 다 막히겠어. 내일 너도 간다고 말해, 얼른! 하지만 뒤늦게 말을 바꾼다고 이 싸한 분위기가 수습될지 모르겠다. 나는 안 간다며 엇나가는 말도 마라탕 재료처럼 냄비에 넣어 육수를 붓고 나면 끝 아닌가.

"나중에 궁금해해도 얘기 안 해 줄 거니까 후회하지 마. 채린아, 탕수육 하나 주문할까?"

효주가 나서서 화제를 돌렸다. 싫으면 싫다고 하라던 사람이 효주다. 마라탕을 해치우고 집에 가고 싶은데 추가 주문이란 반갑잖은 소식이지만, 위기는 모면했다.

그 와중에 고소한 냄새를 풍기는 탕수육 소짜와 함께 테이블에 또 다른 단골 메뉴가 올라왔다. 바로, 우리 반 강은서. 걔 얘기 하는 거 싫은데. 어쩐지 내키지 않는다. 피구 시합을 한 날 화장실에서 대화를 나눈 뒤로는 더더욱 그렇다.

"지안이 넌, 강은서 어때?"

채린이가 내 쪽으로 탕수육 접시를 밀어 주며 물었다.

"강은서? 걔가 뭐?"

나지안 정신 차렸나 볼까? 자, 두 번째 위기 출발한다! 머릿속에서 울리는 경고음. 이번에는 실수 없이 해내야 한다.

"넌 이렇다 저렇다 말한 적이 없잖아."

이제껏 나는 강은서를 험담하는 분위기가 조성되면 말을 보태지 않고 듣기만 해 왔다. 탕수육 한 점을 최대한 천천히 씹으며 시간을 끌었지만, 인내심으로 무장한 채린이는 가게 문 닫을 때까지라도 기다릴 태세였다. 효주와 미소도 나를 주목한다. 3인 이상의 관심을 받으면 얼굴 빨개지는 병이 도지려는데 그저 3단계 마라탕 때문으로 보이기를 빌 뿐. 붉어진 얼굴을 의식할수록 더 심해지니까 진정하자. 채효미는 나지안의 소감 발표만 기다렸다.

"내가 보기엔…"

침처럼 고이는 긴장감을 삼켰다. 이게 뭐라고 발바닥에서 땀이 나고 손끝이 저릿했다. 내 안에서 기 싸움을 벌이는 두 선수, 소신과 눈치. '참지 말고 솔직히 말해, 소신껏!' VS '분위기 파악이나 하시지, 눈치껏!'

"뭐 그렇게 나쁜 애는 아닌 거 같던데."

내 입으로 웅얼거린 말이 내 귀로 도착하기도 전, 망했다는 낭패감이 맥박과 호흡처럼 온몸으로 퍼졌다. 그동안 찌그러져 살던 소신 선수는 잘했다며 손뼉 치더니 자취를 감췄다. 허약하고 미숙한 눈치 선수는 말릴 만큼 말렸건만, 하며 울상을 짓는다.

"너 지금 강은서 편드는 거야? 걔가 채린이한테 어떻게 하는지 다 봤으면서도?"

효주가 젓가락을 테이블에 탁 내려놓으며 말했다. 망함 확정. 내가 다 망쳤다.

"아니 난, 그게 아니라…."

"아니긴 뭐가 아니야. 강은서 편들었으면서?"

효주가 나를 향해 눈을 부라렸다.

"그만해. 지안이가 그럴 애야? 얜 우리 친구라고."

채린이가 효주를 말리고 나섰다. 그런데 목소리와 표정이 묘하다. 불쾌감과 의심이 뒤섞인 느낌이라면 내 착각이겠지. 착각일 거야.

"그래, 너무 그러지 마."

미소도 효주를 말렸다. 효주는 "진짜 웃겨!" 하며 나를 쏘아보더니, 앞접시에 담긴 마라탕 국물을 찬물처럼 마셨다.

"내가 괜한 말을 꺼냈나 봐. 미안해, 지안아."

채린이가 효주 대신 사과했고, 나는 아니라며 고개만 저었다. 효주는 파사삭 소리가 나도록 바삭거리는 탕수육을 다섯 조각 연속으로 씹어 먹었다.

효주의 막판 활약으로 마라탕과 탕수육이 동났다. 가게 밖으로 나온 효주는 열받는다며 빙수를 먹으러 가자고 했다. 이 애매한 불화를 오늘 안으로 해결하려면 빙수가 아니라 빙산이라도 파먹으며 어떻게든 효주 마음을, 필요에 따라서는 채린이와 미소의 기분까지 풀어 줘야 했다. 빙수집으로 발걸음을 돌리려는데, 채린이가 나를 보며 물었다.

"너도 같이 갈래?"

발바닥이 땅바닥에 들러붙었다. 당연히 같이 가는 거 아니었나? 그랬다면 묻지 않았겠지. 나 빼고 셋이 할 얘기가 있다는 뜻인가? 안 그래도 체급 낮은 눈치가 비상 전력까지 끌어와 엔진을 돌리며 분위기 파악에 나섰다. 얼음보다 냉랭한 침묵 속에서 빙수를 먹는 풍경이 눈앞에 그려졌다. 내가 그 틈에 끼어 있으면 단팥 위에 올린 멸치조림 꼴이 아닐까. 과일빙수나 팥빙수에는 연유나 젤리, 미숫가루를 곁들여야 한다. 내 기분은 현재 그렇게 달콤하거나 고소한 상태가 아니다. 묵은 멸치처럼 짜고 쓰다.

"속이 좀 안 좋네. 난 집에 갈게."

"그럴래?"

채린이는 두 번 권하지 않았다.

나는 채효미와 반대쪽으로 갈라져서 걸어가기 시작했다. 몇 걸음 걷다 말고 뒤를 돌아봤지만 셋은 모퉁이를 돌아 사라진 다음이었다.

* * *

1학기 마지막 날, 마침내 파국이 들이닥쳤다.

방학식이 끝나자 채효미와 함께 교실을 나섰다. 신나는 여름 방학의 첫 장을 펼친 날인데 아무도 말이 없었고, 효주와 미소는 채린이 기색만 살폈다. 뭔가 있구나, 느낌이 왔다. 계단을 내려가 운동장으로 걸어 나가면서, 그동안 채린이가 어땠는지 곱씹어 봤다. 마라탕을 먹은 날 뒤로 뭔가 달라졌다. 미처 녹지 않은 얼음 한 조각처럼 문득 내비치던 눈빛, 차갑게 탐색하는 듯하던.

"지안아, 방학 잘 보내. 연락하고!"

소라와 소연이가 옆으로 지나가며 인사를 던졌다. 말은 저렇지만 있으나 마나 빈방이 된 단톡방에는 메시지가 올라오지 않겠지.

"얘기 좀 해. 잠깐이면 돼."

채린이가 그날 처음으로 말을 건네더니 운동장 뒤편, 벤치로 걸어갔다. 효주와 미소는 자기들끼리 눈빛을 교환하고 몇 걸음 떨어진 나무 그늘 아래로 피한다. 나는 백산하나 강은서 얘기가 나오면 뭐라고 말할지 고민하며 채린이를 따라갔다. 백산하는 너랑 잘 어울린다고 하고, 강은서는 네 생각이 무엇이든 그게 맞는다고 해야 하나.

체육관 건물을 바라보며 앉자, 등 뒤로 방학을 맞아 들뜬 아이들 웃음소리와 말소리가 파도쳤다. 채린이가 가방을 벤치에 내려놓더니 나를 봤다. 정확히 말하자면 내 옆쪽 나무를.

"터놓고 얘기할게. 메이트가 너랑 내 우정 적합도를 변경했어. 이젠 네가 나한테 그다지 좋은 친구가 아니래. 시뮬레이션을 돌려 봤더니 앞으로 이런저런 상황에서 너랑 자꾸 부딪히던데? 난 그렇게 신경 쓰이는 거 딱 질색이야."

이제는 내가 좋은 친구가 아니라고? 나는 뒤통수를 통나무로 얻어맞은 듯한 충격에 아무 말도 하지 못했다. 이건 뭐랄까, 꼭 배신당한 기분이잖아? 우리 서로 배신하지 말고 잘 지내자던 애가 이렇게 돌변하다니! 그러나 생각해 보면, 처음에 채린이의 접근도 이처럼 갑작스러웠다.

"우정 적합도가 왜 갑자기 떨어졌는데?"

한참이나 숨을 고르다가 겨우 물었다.

"'갑자기'가 아니라 '서서히'지. 그동안 너에 관한 데이터를 메이트에 꾸준히 쌓아 왔으니까. 적합도가 서서히 떨어지다가 어느 순간 한계점 밑으로 내려간 거야. 왜 그런 거 있잖아, 가까이 지내봐야 보이는 모습들. 너한테 그렇게 숨겨진 면을 메이트가 포착해서 분석해 줬어."

"다 내 잘못이라는 거야?"

"누구 잘못이라고는 하지 않을게. 알고 보니 우리가 생각보다 잘 안 맞았던 걸로 해 두자. 그동안 둘 다 좀 변하기도 했고. 사람은 계속 변하잖아? 내 관심사가 달라졌으니까 그런 것도 우정 적합도에 영향을 줬겠지."

"네 관심사?"

"이를테면 썸남이라든지. 얼마 전까지만 해도 난 그쪽에 별생각이 없었거든. 그런데 너 또 그 표정 나오는구나? 관심 없다는 표정. 넌 내가 썸남 얘기만 하면 그러더라? 내가 모를 줄 알았어? 서로 관심사가 통해야 우정 적합도도 높게 유지되는 거야."

나는 아무 표정도 짓지 않으려고 노력하며 허공을 바라보았다. 그래 봤자 낯빛은 시퍼렇고 눈은 퀭하고 입술은 떨리겠지. 얼마나 바보 같아 보일지 안 봐도 뻔했다.

"강은서 문제도 그래. 걔 얘기가 나오면 넌 겉으론 듣는 척하면서 속으론 딴생각을 하는 눈치야. 그런 널 보면 나보다는 걔 편이라는 느낌이 들어. 얘는 겉 다르고 속 다르구나, 싶다고. 이젠 널 못 믿겠어. 꼭 그럴 거라는 말은 아니지만 네가 내 썸남을 가로챈다든지 그런 일이 생겨도 놀랍지 않을 거 같아. 너랑 내 이상형이 은근히 비슷할 가능성이 있다고 메이트가 그러기도 했고…."

"너 썸남 생겼어? 누구?"

모욕적인 추측을 듣고도 바보처럼 물었다. 썸남 후보는 있어도 썸남은 없지 않나?

"몰라. 언젠가는 생기겠지."

채린이가 팔짱을 끼며 대답했다. 찌푸린 이마와 미간, 한쪽으로 실그러뜨린 입매. 나한테 이렇게 짜증 내는 표정을 짓기는 처음이다.

정리해 보자면, 나를 채린이의 운명적 친구라고 판단했던 메이트가 차곡차곡 쌓은 데이터를 바탕으로 하여 새로운 분석을 내놓았다. 그 분석에 따르자면, 우리는 더 이상 좋은 친구가 아니었다. 여기에 채린이가 자기 해석을 보태어 판단하길, 나는 채린이보다 강은서에게 더 마음을 쓰는 데다가 하필이면 이상형까지 비슷해서 언젠가 채린이에게 생길지도 모르는 썸남을 가로챌 가능성도 있는, 겉 다르고 속 다른 음흉한 인간이었다. 사실이 무엇인지는 중요하지 않았다. 채린이가 그렇게 믿기로 결심한 순간, 그 믿음은 채린이에게 진실이 되니까.

강은서는 둘째 치더라도, 썸남을 가로채고 어쩌고 하는 부분이 특히 불쾌했다. 메이트가 골라 줬다는 썸남 후보 중에 채린이가 가장 마음에 두고 있는 애는 누가 뭐래도 백산하였다. 내가 백산하 때문에 친구를 배신한다고? 그 위생 관념 없는 애가 내 이상형이라고? 돌팔이 점쟁이도 아니고, 메이트 그건 대체 뭘 어떻게 분석하고 예측했다는 거야? 그걸 곧이곧대로 믿는 것으로도 모자라 괴상한 해석까지 덧붙이는 김채린은 또 뭐고? 어이가 없어서 억울했다. 너무 억울해서 몸이 떨린다.

"난 너 계속 신경 쓰면서 스트레스 받기 싫어. 그러느니

차라리 안 보고 말지."

새 학년 첫날, 자기를 좀 봐 달라며 내 옆에 앉아 생글거리던 애가 할 말은 아닌 듯했다. 그런데도 난 채린이 쪽으로 다가갔다. 형광펜처럼 쨍한 가방이 여기까지, 하듯 진로를 막았다.

"내가 그런 애로 보여? 우린 친구잖아, 채린아."

"친구? 정말 그럴까?"

채린이 눈에 불신이 어른거렸다. 나지안 쟤가 내 편인가 아닌가, 하는 판별이 끝나고 확신만 남았다는 뜻이다. 파국이 코앞이라는 직감에 심장이 내려앉았다. 효주는 내가 채린이의 3학년용 친구라고 했지만 땡, 틀렸다. 난 3학년 1학기용 친구였다.

"지안이 너, 솔라시 좋아하지도 않으면서 좋아하는 척하는 거라며? 효주가 그러더라. 아니야, 변명할 필요 없어. 솔라시 안 좋아해도 상관없어. 문제는, 네가 모든 면에서 그렇게 '척'을 해 왔을 거 같다는 거야. 넌 내가 처음에 생각했던 그런 애가 아니야."

효주는 내가 강은서 편을 든다고 화냈었다. 그때 효주를 진정시키며 나는 그럴 애가 아니라고 했던 채린이가, 이제는 말이 달라졌다. 내가 자기가 생각했던 그런 애가 아니라고 한다. '그런 애'가 어떤 사람인지 채린이는 설명하지 않았고, 나도 묻지 않았다. 때로는 말이 없을 때 가장 많은 말이 오간다.

"솔라시도 그렇고 매운 음식도 그렇고, 난 너희랑 잘 지내보려고 최선을 다했어."

이런 위기에 기껏 든다는 예가 마라탕이네. 수치스럽도록 구차하다. 기분대로 하자면 꽥 소리라도 지르고 싶었다. 나를 이상한 애로 몰고 가지 말라고, 나는 그런 애가 아니라고. 그러나 이것이 직감대로 우리의 마지막이라면, 추하게 매달리는 모습으로 박제되기는 싫었다.

"최선을 다했다고? 아까 걔들, 작년 친구들한테 한 것처럼 날 대한 적 있어? 나는 너, 미소랑 효주한테 하는 거랑 똑같이 대했어. 그런데 넌 맨날 어딘가 딴 곳에 있는 사람처럼 굴었잖아!"

채린이는 항상 내 기분을 맞춰 주며 나를 칭찬했다. 손가락 하나 들어갈 틈도 두지 않고 내 옆에 달라붙어 있었다. 나도 채린이가 눈살을 찌푸릴 말과 행동은 하지 않으려고 기를 쓰면서도, 어느 순간부터는 적절히 거리를 두고 싶어졌다. 이제 채린이는 나를 저 멀리 밀쳐 내려 한다. 우리는 서로 어떤 친구였을까? 얘 말대로, 친구이기는 했을까?

"생각해 봤는데 지안아, 우리 그냥 모르는 사이가 되는 게 낫겠어."

"절교 선언이라도 하는 거야?"

"절교? 유치하지만 틀린 말은 아니네."

채린이는 게임 종료라는 듯 일어나더니 가방을 멨다. 내 인생에서 절교는 초등학교 4학년 때가 마지막인 줄 알았는데.

나와 채린이의 우정 적합도가 낮다던 메이트의 예측이 떠올랐다. 어느 한쪽은 편한데 다른 쪽에서는 불편한 관계도 있다고, 나한테 힘든 관계가 될 거라 그랬지. 그 예측 결과를 확인하고도 난 채효미 사이로 끼어들었다.

"난 갈게. 방학 잘 보내."

채린이가 말했지만 나는 온몸을 가볍게 떨면서 앞만 노려봤다. 애가 방학식 날에 절교를 선언한 이유가 뭔지 알아차린 참이었다. 미리 말하면 짝인 나와 어색하게 지내야 하니 곤란한 순간을 최대한 미루고 싶었을 것이다. 결론을 내려 놓고 때만 기다렸겠지.

채린이가 벤치를 떠나자, 효주와 미소가 왔다. 나는 울지 않으려고 눈을 부릅떴다. 절대 너희 앞에서는 울지 않을 거야, 절대로.

"난 너 처음부터 미심쩍었어. 우리랑은 너무 다르다 싶었거든. 어차피 이렇게 된 거, 너답게 살아."

효주가 악담인지 동정인지 모를 말을 했고, 미소는 울먹거리며 미안하다고만 했다.

전교생이 하교를 마쳐서 학교가 텅 빌 때까지 벤치에 앉아 버렸다. 혼자가 됐다는 현실이 확실해지자 눈물이 쏟아졌다. 주먹 쥔 손을 허벅지에 올린 채 몸을 수그리고 흐느꼈다. 메이트가 제시한 우정 시뮬레이션에서 내 아바타가 그랬듯이. 콧물 섞인 눈물이 교복을 적신다.

초등학교 4학년 때 단짝과 절교할 때도 이렇게 서럽지는 않았다. 그건 어디까지나 합의였으니까. 하지만 지금은 달랐다. 일방적인 통보였다. 자기 인생에서 아예 모르는 사람이 되어 달라는. 분위기 파악 못 하고 헤매더니 꼴좋구나. 내 안에 사는 못돼 먹은 녀석이 혀를 찼다. 나는 원래 친구가 없는 것보다 더 괴로운 신세, 친구가 있다가 없어진 아이가 되었다. 2학기 개학 날, 계절에도 맞지 않은 3월 2일을 또다시 견뎌야 한다고 생각하니 이대로 수증기가 되어 증발해 버리고 싶었다. 2학기가 되어도 채효미는 단짝일 테고, 나를 유행 지난 아이템처럼 무시하거나 용서하지 못할 배신자처럼 배척할 것이다. 둘 다 끔찍했다. 그런 불편함을 이겨 낼 자신이 없다. 난 그런 애가 아니었다. 혼자가 편하다는 강은서가 아니란 말이다, 난.

맞아, 강은서.

눈물로 가득 찬 눈이 번쩍 뜨였다. 메이트로 들어가 비활성 상태를 종료하고 모든 기능을 활성화했다.

Ⓜ 최신 버전으로 업데이트합니다.

Ⓜ 채린 님이 지안 님을 차단했습니다.
아바타룸 방문과 메시지 교환이 불가합니다.

김채린이 나랑 절교하겠대!
몇 달 전에 다른 친구 추천해 준 거,
아직도 유효해?

Ⓜ 데이터 분석 중….

Ⓜ 친구 찾기 완료.

지안 님에게는 여전히 은서 님이 가장 적합한 친구입니다.
여러모로 도움이 될 거라는 예측 결과가 나왔습니다.
은서 님과 친해지고 싶다면, 도와드릴까요?

2장

우정을 설계해 드립니다

　나는 7월이 다 가도록 집에 틀어박혀 웹툰과 드라마의
세계를 떠돌았다. 너무 놀았다 싶어서 불안해지면 인강 사
이트도 들렀지만, 집중이 되지 않아 같은 강의만 반복해서
듣다가 나왔다. 학원은 그만두겠다고 가족 단톡방에 알렸
다. 역시나 그편이 개인 톡보다 반응이 빨라서, '다 정해 놓
고 통보야? 다녔다가 말았다가, 왜 자꾸 변덕이니.'라는 엄
마의 답이 돌아왔다. '인강이 부담 없고 좋아서.' 정도로 넘
어가면 무난할 시점에 나지훈이 선수를 쳤다.

동생 놈

누나 친구들이랑 절교해서
학원 못 다님.

나는 그 즉시 온갖 걱정과 한탄으로 무겁디무거운 몸을
일으켜 맞은편 방으로 쳐들어갔다.

"아, 왜! 내 말 맞잖아!"

나보다 먼저 큰소리를 내는 나지훈. 이게 진짜! 어느 날
정신을 차리니 나보다 키가 커져서 꿀밤도 못 때리겠고. 헛
소리만 하는 동생보다 더 골치 아픈 존재가 있다면, 가끔가
다 옳은 소리도 하는 동생이다. 내 복잡하고 오묘한 인간관
계를 어떻게 눈치챘지? 혹시 저번에, 너희도 친구끼리 절교
같은 거 하냐고 물어봐서? 얘는 꼭 이럴 때만 눈치가 재빠
르지.

"그냥 학원 다니면 안 돼? 맨날 다 죽어 가는 얼굴 하고
있으니까 나까지 우울해진단 말이야. 학원이라도 가, 제발!"

"우울? 야, 너 우울이 뭔지나 알고 하는 소리야? 치킨 시
켰는데 늦게 와서 안달 나는 거, 딱 그 수준이 너한텐 우울
이잖아."

"누나가 맨날 주문 밀리는 가게에서 시키니까 늦지! 다음
엔 내가 고를 거야, 감자튀김까지 주는 데로!"

한마디만 더 했다가는 나지훈 수준으로 우울해지겠다는 위기감이 엄습하여 두 손 털고 내 방으로 복귀했다.

아빠

> 방금 전에 지훈이가 한 얘기 뭐야?
> 지안아, 심각한 문제냐?

누가 봐도 '방금 전'이라고는 못 할 시간 간격을 두고 아빠가 던진 두 가지 질문에 두 남매는 침묵한다. 동생은 친구들이랑 놀러 나갔으니 가족 단톡방 따위는 안중에도 없을 것이다. 나는 한참 뒤에야 나지훈이 장난친 거라고, 아무것도 아니라고 둘러댔다. 그쯤에서 학원 문제는 일단락됐다.

그러나 내 허무감에는 마무리도 갈무리도 없었다.

아무 생각 없이 멍한 상태가 되고 싶어서 침대에 드러누워 드라마를 보다 보면 멍하다 못해 멍청해지는 기분이라 인강을 틀었다. 인강을 들으면서 딴생각하다 보면 강사가 우스갯소리를 할 때나 정신이 돌아왔다. 시시한 농담에 피식거리다 보면 인생이, 세상이 허무해졌다. 3학년 2반 나지안이 무한한 우주를 떠도는 먼지보다 덧없고 고독한 존재 같았다. 그럴 때면 침대에 무릎을 꿇은 채 창틀에 팔을 올려 턱을 괸 자세로 하늘을 내다봤다. 파란 하늘, 흐린 하늘, 우중충한 하늘, 맑은 하늘… 하루도 같을 날 없는 하늘에 허망한 우정의 그림자가 흘러갔다.

메이트는 하루에도 몇 번이나 휴대폰에 알림창을 띄워서는 새 버전으로 업데이트해라, 아바타룸을 꾸며라, 아바타에게 새 아이템을 사 줘라, 참견하고 나섰다. 그러거나 말거나, 나는 메이트에 접속하지 않았다. '은서 님과 친해지고 싶다면, 도와드릴까요?'라는 메이트의 말은 망한 농담처럼 뒷맛이 씁쓸했다. 강은서랑 친해진다고? 김채린이 적으로 규정한 강은서와, 김채린이 절교를 선언한 내가? 강은서 편들 때부터 알아봤지, 하고 빈정거릴 효주 눈빛을 상상만 해도 눈이 부시다 싶었는데, 아, 형광등을 쳐다보고 있었구나. 요즘 내가 이렇게 정신이 없다.

내년 1월이면 졸업이니까 그럭저럭 몇 달만 버티면 되는데, 재지 말고 겁내지 말고 외톨이로 지낼까. 채린이가 뭐라 그러든 무시하면 그만이잖아. 고등학교에 가서 새로운 나지안으로 거듭나면 그만이야. 아니, 아니지. 김채린이 내가 왕따였다고 소문이라도 내고 다니면? 쓸데없는 걱정은, 헛소문이 뭐가 두려워서 벌벌 떨어? 이참에 너도 다 내려놓고 자유로워지는 거야. 지금 생각에는 친구가 콩팥 한쪽보다 더 소중하지? 어른 돼 봐, 그렇지도 않을걸? 엄마 아빠만 봐도 바빠서 친구랑 전화할 시간도 없잖아. 무슨 소리야, 노안이 와서 다초점 렌즈 안경을 맞춘 40대랑 올해에도 키가 자란 중3을 비교하는 거야?

생각과 생각이 꼬리를 붙잡고 늘어지며 같은 지점을 맴돌았다. 반복되는 잡념에 시달리느라 입맛까지 떨어진 8월 초, 나는 엄마가 부탁한 옷을 세탁소에 맡기러 집을 나섰다. 복도 창으로 들이치는 햇빛에 눈앞이 아찔해진다. 과연 한 세기 만의 외출이었다. 방을 굴처럼 어두침침하게 해 놓고 모로 누워서 휴대폰만 들여다보는 나에게 나지훈이 누나 혹시 뱀파이어 연습생이냐고, 제 딴에는 심각한 말투로 물어보기까지 했으니까.

더위에 땀을 흘리며 걸어가는 동안, 의외로 기분이 조금씩 나아졌다. 내가 어둠 속 뱀파이어가 아니라 인간이라는 사실, 로제나 짜장 소스를 섞지 않은 정통 떡볶이와 스윙을 좋아하는 인간이라는 사실이 기억났다.

좋아, 과거는 묻어 두고 미래로 나아가는 거야. 메이트 같은 앱에 의존하지 말고, 내 운명은 나 스스로 개척하자!

하지만 빵빵한 풍선처럼 바람 든 희망과 포부는 얼마 가지 않았다.

큰길 건너편으로 채효미가 지나갔다. 투명한 컵에 색색의 음료를 담아 들고 걸어가는 예전 친구들. 움직여야지, 피하기라도 해야지, 뇌가 명령하는데도 몸이 말을 듣지 않았다. 꽁꽁 얼어붙었는가 싶었는데 흐느적거리며 녹아내린다. 저 컵 속에 들어찬 얼음처럼.

나를 발견한 효주가 채린이를 쿡 찔렀다. 곧이어 날아드는 셋의 시선. 효주는 비아냥거리고, 채린이는 냉담하고, 미소는 흔들리고. 오랜만에 찾아든 꿈과 희망이 푸시시, 바람처럼 빠져나갔다.

나는 녹아서 물이 된 얼음처럼 골목길로 스며들었다. 유치한 절교 선언에 너무 진지하게 상처받을 필요 없다고 영혼을 다독여 왔는데, 여름 방학 내내 쉬고 나면 훌훌 털고 일어날 줄 알았는데, 아니었다. 어디 베이기라도 한 듯 가슴이 아팠다. 얇은 딱지 아래 웅크린 상처가 붉고 생생하다. 고통이란 둥- 하고 발바닥부터 정수리까지 타고 오르는 북소리처럼, 넓고 깊은 감각이었다.

채효미를 보자 사방이 뚫린 길에서도 현기증이 났는데, 사방이 막힌 교실에서는 이보다 더하면 더했지 덜하지는 않을 것이다. 인정하자, 나는 채효미 연합을 나 홀로 견뎌 내지 못한다. 유효 기간이 한 학기든 몇 년이든 평생이든, 친구가 필요했다. 나를 배신하지 않고 의심하지도 않을 친구, 옆에 있으면 편한 친구가.

반 단톡방에 담임쌤의 공지 사항이 떴다. 우리 반 아이 한 명이 전학을 갔다는 소식이다. 3학년 2반의 인원이 짝수가 되었다. 이제는 강은서건 누구건 혼자 앉지 못한다. 2학기 때 채효미 중 한 명과 짝이라도 된다면…? 더운 여름인데도 오싹해지는 등줄기. 짝 없이 한 줄씩 앉는다는 행성 중으로 전학이라도 가야 하나. 천만에, 내가 전학생 노릇에 적응할 리 없다.

길거리 벤치에 앉아 메이트에 접속했다. 더는 실패하기 싫다. 어설픈 안목과 사교술은 우습고도 서글픈 파국을 불러올 뿐이다. 확실한 조언과 친구가 필요했다.

> 강은서랑 친해지려면 어떻게 해야 돼?

(M) 데이터 분석 중….

(M) 데이터 분석 완료.

자연스러운 접근과 대화를 시도해 보세요.
은서 님은 환경과 동식물에 관심이 많습니다.

링크를 확인하세요.

메이트가 띄운 링크를 타고 가 봤더니, 강은서가 실명으로 올린 공개 청원이 나왔다. 몇 달 전 우리 동네에 길고양이를 괴롭히고 다니는 사람이 있었는데, 그 사람을 찾아내서 처벌해 달라는 내용이었다.

나는 '강은서, 자목련동'을 검색했다. 강은서가 구청 게시판에 올린 글이 나왔다.

**자목련동 가로수에
지나친 가지치기를 하지 말아 주세요.**
관리가 편하다는 이유로 가지치기를 너무 심하게 해서 나무가 죽어 가고 있어요. 과도한 가지치기를 하면 자른 단면이 병해충에 노출돼 썩게 된다고 합니다. 그러면 결국 나무 전체에 문제가 생기고요.
시멘트로 가득한 잿빛 도시에서 초록 나무는 꼭 필요한 존재입니다. 나무를 보호하고 올바로 관리해 주세요!

글 밑에 나무 사진도 올려놨는데, 사진 속 나무들은 가지를 죄다 잘라 놔서 흉측하리만치 뭉툭해진 상태였다. 나도 자목련동에서 많이 본 풍경이었다. 그때마다 왜 저렇게 보기 싫게 해 놨을까 생각했을 뿐, 나무들이 죽어 가고 있는 줄은 몰랐다.

똑같은 글이 우리 동네 사람들이 모인 인터넷 커뮤니티에도 올라가 있었다. 올린 사람은 원문 주소를 링크하고 '제 동생이 구청에 건의했어요. 가서 댓글과 추천 좀 부탁드려요!'라고 적어 놓았다. 글쓴이 닉네임은 'mini'. mini의 게시물을 찾아봤다. 토요일마다 프리마켓에 참여하니 구경 오라는 글이 나왔다. 여기에 '매주 참여하시다니 대단해요:)'라는 댓글이 달렸고, mini는 '동생들이 가자고 막 졸라서요'란 대댓글을 썼다. 강은서 말고 동생이 또 있는가 보다. 어쨌든 '들'이라고 했으니 강은서도 프리마켓에 올 가능성이 있다는 뜻이었다. 강은서가 떼쓰고 조르는 모습을 상상하기가 어려웠지만 나만 해도 집에서는 다른 사람이 되니까. 게시물을 올린 날짜는 이틀 전이다.

메이트로 돌아가서 물어보았다.

> 강은서가 나랑 잘 맞을까?
> 난 잘 모르겠던데.

(M) 분석에 따르면 두 사람의 우정 적합도가 상당히 높습니다.

다만 은서 님에게는 메이트의 존재를 숨기는 편이 좋겠습니다.
은서 님은 메이트를 부정적으로 인식하고 있을 가능성이 큽니다.

이 앱에서 제공하는 조언은 참고용으로만 활용할 것을 권하며, ㈜MATE Co.는 그 어떠한 법적 책임도 지지 않습니다.

Ⓜ 우정 시뮬레이션을 확인하세요.

은서와 또치

쉬는 시간, 교실. 내 아바타가 책상 앞에 앉아서 한쪽 이어폰만 꽂은 채 노래를 듣는다. 다른 한쪽은 옆에 앉은 아바타의 귀에 꽂혀 있다. 이어폰을 타고 흐르는 곡은 스윈의 '우리 사이'. 둘은 평화로운 표정으로 노래를 듣는다.

나는 덜컹거리는 버스에 몸을 맡긴 채 같은 장면을 열 번도 넘게 돌려 봤다. 메이트가 강은서와 내 관계를 예측하여 제시한 우정 시뮬레이션이다. 정말 강은서와 이런 사이가 될 수 있을까? 내 아바타 옆에 앉은 강은서 아바타는 반소매 티셔츠에 반바지, 메이트에서 제공하는 기본 옷차림이다. 강은서가 가입만 해 두고 메이트를 사용하지 않아서 아바타도 처음 모습 그대로다.

3월 2일 날짜로 저장된 시뮬레이션을 선택하자, 김채린의 아바타가 화를 내고 내 아바타는 흐느끼는 장면이 재생된다. 여름 방학식 날, 학교 운동장에서 채린이와 나 사이에 벌어진 일과 비슷하다. 앱이 예언이라도 한 듯하다. 예언이 아니라 예측인가. 마음이 컴컴하게 정전되려 해서 앱을 끄고 현실 세계로 복귀했다.

차창 밖으로 지나가는 토요일 오후 풍경. 눈앞에 펼쳐지는 한여름 산은 온통 초록빛이다. 옆의 옆 동네라지만 어쩜 저토록 푸르른 산을 까맣게 모르고 지냈을까. 산에서 뻗어 나온 능청스럽도록 유연한 능선이 길가를 초록 강물처럼 흘러간다. 저 산자락 맞은편에 자리 잡은 작은 공원에서 매주 토요일, 프리마켓이 열린다. 현재 시각 3시 5분, 두 정류장만 더 가면 공원 앞에 도착한다. 프리마켓에 가서 강은서를 찾아보겠다고 하자, 메이트는 장이 끝날 무렵에 가는 편이 좋겠다고 조언해 줬다. 프리마켓은 4시에 폐장이다.

버스에서 내려 공원으로 들어가니 '누구나 만들어 사고 파는 프리마켓'이라는 현수막이 펄럭이고, 양쪽으로 매대가 즐비했다. 옷, 가방, 비즈 장신구, 석고 방향제와 양초, 메모지, 뒷면에 자석이 달린 장식품, 귀걸이와 반지와 목걸이, 모자, 스카프… 수공예품 천국이다.

잠깐만, 저쪽 매대에서 손님과 이야기하는 애가 혹시 강은서? 그렇다, 강은서다! 정말로 여기 있잖아? 강은서가 있기를 바라며 여기까지 왔으면서도 놀라움에 입이 벌어졌다. 강은서는 왼쪽 손목에 지구 그림이 그려진 손수건을 묶어 놨다. 그 옆으로 보이는 사람은 강은서의 언니, mini인 듯하다. SNS 사진으로 본 얼굴이다.

나는 멈칫거리다가 돌아섰다. 로봇처럼 딱딱한 몸짓으로 강은서에게 다가가서 '어머, 너 강은서 아니니? 이런 데서 만나다니 신기한 우연이 다 있네!' 하고 노벨 발 연기상에 빛나는 명연기라도 펼칠까 봐 불안했다. 메이트는 자연스럽게 다가가서 대화를 나눠 보라고 조언했지만, 막상 강은서를 보자 용기가 사라졌다. 아무래도 오늘은 때가 아닌 듯하다. 미리 보기 한 장면을 봤다 치고 집에 가서 좀 더 치밀한 작전을 세우며 훗날을 도모하자.

그때, 태권도 도복을 입은 꼬맹이가 뛰어오다가 내 팔을 쳤다. 그 옆에 똑같이 생긴 애가 한 명 더 있다. 키와 옷차림까지 붕어빵인 쌍둥이 형제다. 초등학교 3학년쯤 되어 보였다. 어, 얘네들 혹시?

"누님, 죄송합니다."

둘이 약속이나 한 듯 허리를 굽히는데, 이건 사과를 넘어 사죄 수준이다. 성장기가 끝나지 않은 중학생에게 누님이라니 어디서 배운 말버릇인지.

"저희를 용서해 주실 거죠?"

여러모로 과한 대사가 부담스러워 얼떨결에 고개를 끄덕이자, 쌍둥이는 마주 보고 주먹을 들어 올리며 "성공했어!" 외친다.

"사람 많은 데서 뛰어다니지 말랬지! 너희 또 무슨 사고를 친 거야?"

뒤쪽에서 날아드는 꾸지람. 쌍둥이를 생포하러 달려온 강은서였다. 역시 강은서의 쌍둥이 동생들이었군. 인터넷 커뮤니티에서 게시물을 뒤진 끝에 나는 mini의 SNS 계정을 찾아냈고, 거기에는 강은서의 언니인 mini가 프리마켓에서 쌍둥이들과 찍은 사진이 여러 장 있었다. 사진 귀퉁이마다 매대를 정리하거나 물을 마시거나 하는 강은서의 옆모습이나 뒷모습이 찍혀 있었고. 프리마켓에 가자고 조른다는 동생들은 쌍둥이 형제를 말한 듯했다. 어쩐지 그런 건 강은서 스타일이 아니다 싶었지. 프리마켓까지 와 놓고도 도망치려던 나는 쌍둥이에게 붙잡힌 셈이 됐다.

"죄송해요. 혹시 다치셨…?" 하다가 말을 멈추는 강은서.

동그랗게 뜬 눈과 동그랗게 오므린 입. 당황한 기색을 수습하더니 다친 데는 없냐고 묻는다.

"그, 그냥 살짝 부딪힌 거야."

말까지 더듬는 나. 어색한 척이 아니라 진심으로 어색한데도 어째 연기 같다. 메이트의 도움을 받아 계획적으로 이곳에 찾아와서겠지.

"너희들, 누나한테 미안하다고 했어?"

"당연하지. 누님이 용서해 주셨어."

"오글거리게 누님은 또 뭐야."

말썽꾸러기 동생이 2인 세트로 존재하는 세상을 피곤해하는 말투며 표정이, 내가 나지훈을 대할 때와 똑같다.

"우리 구경 좀 하고 올게요, 누님!"

빨리 걷기와 느리게 달리기의 중간 속도로 사라지는 형제.

"쌍둥이네. 귀엽다."

내 동생 아니니까 관대하게 평가해 주지, 뭐.

"쌍둥이에 늦둥이야. 깜찍하다 못해 끔찍한 애들이지."

"나보다는 나은데? 내 동생은 끔찍한 주제에 깜찍하지도 않거든."

친하지도 않은 애 앞에서 동생 욕이 술술 유창하게도 흘러나온다. 강은서가 소리 내어 웃었다. 같은 처지끼리 나누는 동생 험담이 분위기 푸는 데에는 특효였다.

"그런데 지안아, 여기는 어쩐 일이야? 수공예품에 관심 있어?"

다정한 사이처럼 내 이름을 부르는 소리에 당황스럽게도 눈물이 핑 돌아서, 나는 황급히 시선을 돌려 저만치 구불구불한 산을 바라보았다. 이젠 나도 얘를 성 떼고 은서라고 불러야겠다.

"우리 동네도 아닌데 어떻게 여기까지 왔나 해서. 난 언니 따라서 가끔 오거든."

SNS를 탐색해 알아낸 바에 따르면, 은서의 언니 mini(본명 강민서, 20세, 디자인 전공)는 작년부터 꾸준히 이 프리마켓에 참석해 왔고, 그때마다 촬영한 사진을 '#누구나만들어사고파는프리마켓#누만사프'와 같은 태그를 달아 올렸다.

"그게, 버스 타고 가다가 조는 바람에 여기까지 와 버렸어. 다음 버스는 한참 기다려야 되더라고. 기다리는 동안 구경하려고 와 본 거야. 나도 수공예품 좋아해서."

메이트의 조언을 받아 다듬은 답을 읊었다. 그렇구나, 하고 고개를 끄덕이는 은서를 보니 예상 답안이 먹혔든 모양이다. 메이트는 우리 둘의 시작으로는 사소한 우연이 적절하다면서, 메이트 조언을 참고한다는 사실은 비밀로 하라고 강조했다. 은서에게 거짓말을 한다는 사실이 껄끄러운 나는 애써 이 상황을 합리화했다. 메이트는 힌트를 줬을 뿐 프리마켓에 오겠다는 발상은 내 머리에서 나왔다고, 나 스스로 찾은 답이나 마찬가지라고 말이다.

시장을 휘젓고 다니던 쌍둥이 형제가 귀환했다. 자기들끼리 숙덕숙덕 의논하더니 그중 한 명이 나를 보며 묻는다.

"혹시 지훈이 형 누나세요?"

"나지훈? 걔를 알아?"

"같은 도장 다녀요! 누나랑 형이랑 닮았어요!"

쌍둥이 형제가 다리를 벌리고 서서 팔을 차례로 내뻗으며 태권도 동작을 선보였다. 나와는 달리 학원 체질인 나지훈은 태권도를 배우러 다닌다. 그러고 보니 도장에 1초도 쉬지 않고 조잘대며 뛰어다니는 쌍둥이 형제가 있다는 말을 들은 기억이 난다. 걔들이 얘들이구나. 나지훈이랑 내가 닮았다는 말이야 뭐, 잊을 만하면 한 번씩 듣는 악담이다.

온 김에 구경하고 가라며, 은서가 나를 언니의 매대로 데리고 갔다. 실물로 보니 쌍둥이 형제처럼 장난스러운 인상을 한 민서 언니와 인사를 나누었다. 은서가 언니 하나에

남동생 둘, 사 남매의 둘째라는 사실이 새삼 신기했다. 조용하고 차분하고 적당히 무심한 느낌, 어쩐지 외동딸 이미지였는데. 이곳 프리마켓에서 은서는 자유롭고 편안해 보였다. 그런 은서 옆에 있으니, 남몰래 긴장했던 내 마음도 편해진다.

민서 언니가 꾸린 매대에는 손으로 그림을 그린 천 가방과 모자, 손수건, 티셔츠가 종류별로 몇 점씩 있었다. 그림 소재는 큰부리까마귀, 큰오색딱따구리, 아기 소나무를 뜻하는 애솔, 바다를 헤엄치는 고래, 높고 낮은 산, 드넓은 바다… 갖가지 동식물과 자연이다. 작품마다 무엇을 그렸는지 설명한 쪽지가 붙어 있다.

내 시선이 매대 끄트머리에 놓인 천 가방으로 향했다. 고슴도치가 그려진 가방. 파는 물건이 아니라, 은서 것이다. 예전에 채효미와 방송국에 갈 때 버스 창밖으로 본 적이 있다. 아마도 저 고슴도치가 또치겠지. 민서 언니의 SNS에는 또치 사진이 가득했다.

매대를 둘러보다가, 산이 그려진 천 가방을 집어 들었다. 쪽지에 맞은편 산 이름이 적혀 있다. 산의 윤곽을 단순한 선으로 표현하고, 초록 물감으로 농담을 주어 칠했다. 군데군데 물 묻은 듯 진홍빛과 분홍빛이 번졌는데, 진달래인가

보다. 민서 언니는 탁월한 선택이라면서 가방값을 뭉텅이로
깎아 줬다.

"누나, 이제 기념사진 찍자! 얼른, 얼른!"

끝날 시간이 되어 매대를 정리하고 나자, 쌍둥이 형제가
민서 언니 옆으로 가서 태권도 자세를 취했다. 셀카 모드로
기념 촬영을 하는 세 사람. 찰칵, 뒤쪽에서 접이식 의자를
챙기는 은서도 옆모습이 찍혔을 듯했다.

공원을 나가 버스 정류장으로 걸어갔다. 버스를 타면 자
목련동까지 30분은 걸린다. 메이트가 왜 프리마켓이 끝날
무렵에 찾아가라고 했는지 알겠다. 은서와 이야기할 시간
을 확보하라는 인공 지능의 전략은 알겠는데, 은서 속마음
은 뭔지 모르겠다. 날 왜 이렇게 스스럼없이 대해 주는지 의
문이었다. 난 은서를 싫어하고 미워하는 김채린의 최측근이
었는데, 방관자인 척 한발 물러서서 비겁하게 군 공범인데.
은서가 메이트를 사용하지 않는다는 사실을 몰랐더라면,
메이트가 은서에게 3학년 2학기용 친구로 나지안을 추천했
다고 넘겨짚었을지도.

"미소 있잖아, 이미소. 나한테 미안하다고 하더라. 김채린
하고 서효주가 고집을 부려서 어쩔 수가 없다고, 자기한텐
걔네 둘이 너무 중요하대."

정류장에 도착하자 은서가 예고편도 없이 던진 말이다. 민서 언니와 쌍둥이는 정류장 의자에 앉아 있다. 나는 길 중간에 멈춰 섰다. 말수 적고 마음 약한 미소가 채린이와 효주 몰래 은서를 찾아가서 미안하다는 말을 했다고? 은서는 이런 얘기를 나한테 왜 해 주는 걸까. 내 마음을 읽은 듯 말을 잇는 은서.

"내가 저번에도 말했지? 김채린하고 서효주, 걔들은 날 괴롭힌다고 생각하겠지만 난 뭐 그냥 그렇다고. 걔들을 이해한다거나 그런 건 아니지만, 너한테까지 짐을 지우기는 싫어서 말하는 거야. 미소가 지안이 너도 자기랑 비슷할 거라고 그러기도 했고."

방학식 날, 나를 벤치에 두고 돌아서며 미안하다고 울먹이던 미소가 떠올랐다.

"걔들이 너한테 그럴 때 내가 가만있었던 거, 마음에 담아 두지 않는다는 뜻이야?"

염치없지만 물어봤다. 은서가 하는 말을 똑바로 알아듣고 싶어서, 오해하기 싫어서.

"글쎄. 그건 생각하기 나름이지만 일단 난 지금 너한테 괜찮냐고 묻는 중이야."

"괜찮냐니, 뭐가?"

피구 시합을 한 날 화장실에서처럼 대화가 이어진다.

"사실은 방학식 날에 널 봤어. 혼자 울고 있더라. 보려고 본 건 아니야. 이상하게 내 눈에는 그런 상황이 잘 뜨여. 한 번 눈에 들어온 사람은 마음에 매듭처럼 묶여서 계속 신경이 쓰이고."

채린이는 나를 신경 쓰게 될까 봐 싫다고 했는데, 은서는 내가 신경 쓰인다면서 '너, 괜찮은 거야?'라고 묻는다.

버스가 왔다. 민서 언니는 중간쯤에 앉았고 쌍둥이는 2인용 좌석에, 나와 은서는 맨 뒷자리에 앉았다.

은서는 버릇처럼 창밖을 내다보았고, 나는 무릎 위에서 맞잡아 깍지 낀 손을 꼼지락대면서 무슨 말을 할지 고민했다. 이쯤에서 미안하다고 해야 하나? 그동안 채린이와 효주가 하는 짓을 두고 보기만 해서 미안하다고, 내 뜻과는 달랐지만 난 분명히 비겁했다고? 그때, 은서 가방이 기울면서 내 무릎을 건드렸다. 그래, 이거야! 대화의 실마리를 찾았다는 느낌이 왔다. 민서 언니의 계정에서 발견한 고슴도치 얘기를 하자, 메이트는 동물을 좋아하는 은서가 반길 만한 화제라면서 적절할 때 꼭 언급하라고 조언했다.

"이 가방 그림, 또치야? 너희 집에서 키우는 고슴도치."

"또치? 그걸 어떻게 알았어?"

은서가 휙 소리가 들리도록 고개를 돌리더니 해석 불가한 눈빛으로 나를 봤다. 어떻게 알았냐고? 네 언니 SNS에서 봤지, 이런 간단하고 명료한 답은 곤란하다. 민서 언니와 첫인사를 나눌 때 그 말은 하지도 않은 데다가('이 글 보고 왔다고 얘기하시면 책갈피 드려요.' 하는 글까지 있었는데도!), SNS 계정을 어떻게 찾았는지 설명하려면 거기에 이르느라 거친 단계까지 밝혀야 했다. 그러자면 메이트를 거론하지 않기가 어려운데, 메이트의 조언을 참고한다는 이야기는 은서에게 금물이었다.

"2학년 때 네가 누구한테 말하는 걸 얼핏 들었어."

나는 메이트가 추천해 준 대사 중 하나를 선택했다. 옷 속으로 식은땀이 흘렀다.

메이트가 제공한 정보에 따르면 은서에게는 현재 사용하지 않는 SNS 계정이 하나 있고, 작년 여름까지만 해도 그 계정으로 로그인해서 친구들 게시물에 이따금 댓글을 달았다. 고슴도치 사진이 올라온 어떤 게시물에는 '우리 집도 고슴도치 키우는데! 이름은 또치.'란 댓글을 남겼다. 요즘은 횟수가 줄었지만 민서 언니도 또치 사진을 자주 올렸다. 또치, 사랑받고 있는 듯.

내가 그 사랑스러운 또치에게 무슨 잘못이라도 했는지,

두 정류장이 지나도록 침묵만 흘렀다. 가시 세운 고슴도치를 손안에 쥔 듯 안절부절못하며 은서 눈치만 살피는 나.

"사실은 또치, 몇 달 전에 무지개다리 건넜어."

은서가 눈물을 글썽거리며 잠긴 목소리로 말했다. 감정이 북받쳐 울먹이는 강은서라니 그것만으로도 놀라운데 귀로 파고든 내용은 더 충격적이었다. 무지개다리라면, 죽었다는 뜻이잖아? 아아아아아, 망했다! 죽은 반려동물 얘기를 멋모르고 꺼내다니 최악 곱하기 최악이다. 도대체 메이트 이 멍텅구리 앱은 이렇게 중요한 정보를 왜 파악하지 못한 거야?

"미안해. 난 그런 줄도 모르고…."

"아니야, 우리 가족만 아는 일인걸. 언니는 아직도 또치 사진을 올려. 밥 먹는 또치, 잠자는 또치, 이런 식으로. 나도 또치가 떠났다는 게 실감이 안 나."

메이트가 왜 또치의 죽음이란 중대한 사실을 놓쳤는지 알겠다. 민서 언니는 '우리 또치가 오늘 죽었다.'란 말을 가슴 아파서 차마 글로 남기지 못했고, 또치를 그리워하며 이따금 예전 사진을 올리고 있다. 일종의 애도 행위인 그 사진을, 메이트는 또치가 은서네 집에서 살고 있다는 증거로 판단한 것이다. 물론 나도 그랬고 말이다. 더구나 은서는 메이트에서 '반려동물' 항목에 '있음'이라고 표시해 놨다. 지금 와서 생각해 보면 당연하다. 오랫동안 접속하지 않은 앱이라 정보가 갱신되지 않았으니까. 인터넷에 글이나 사진으로 기록되지 않은 사연과 마음을 인공 지능이 알 리 없다. 헛똑똑이 메이트를 믿어도 될까 불안하지만, 달리 뾰족한 수도 없다. 내가 프리마켓까지 온 과정을 봐도 그렇고, 지금까지는 예측과 설계 솜씨가 나쁘지 않았다. 인터넷에 '마음 맞는 친구를 사귀려면 어떻게 해야 하나요?'란 질문을 올리는 것보다는 나에게 맞춤 조언을 제공한다는 인공 지능 앱이 낫겠지.

웬일로 얌전하게 군다 싶던 쌍둥이 형제가 인내심을 탕진했는지 장난치며 떠들었다. 은서는 동생들을 조용히 시키고는 지친 표정으로 돌아왔다.

"내가 왜 학교에서 혼자 앉는지 알겠지? 집에선 도무지 조용히 있을 틈이 없거든."

"내 동생 보니까 6학년쯤 되면 조금 나아져. 아주 조금."

"6학년? 3년이나 남았네."

우리는 마주 보며 피식, 피로한 누나 미소를 지었다.

* * *

새로 산 가방을 옷걸이에 거는데, 옆에 걸린 비닐봉지가 바스락거렸다. 채효미가 골라 준 화장품을 쓸어 담아 놓은 봉지다. 채린이에게 절교당하고 나서, 나는 영 솜씨가 늘지 않던 화장을 그만뒀다.

채효미 생각이 나지 않는다고 하면 거짓말이겠지. 관심도 없는 솔라시를 애정하는 척하고, 매운 음식을 좋아하는 척하고, 은서를 싫어하는 척하고… 내가 모든 면에서 '척'을 해 왔다던 김채린 말이 틀리지도 않다. 그렇지만 솔직히 말해서, 걔들이랑 재미있을 때도 많았다. 학원 앞 편의점에서 이것저것 사서 나눠 먹고, 마트의 화장품 매장을 돌며 내 피부에 어떤 색조가 맞는지 알아보고, 급식에서 맛없는 반찬이 나오면 한 사람한테 몰아주며 즐거워하고. 채효미는 쓸쓸함과 초조함이 불안한 수위로 일렁이던 내 생활을 수다와 웃음으로 채워 주었다. 한때는 그랬다, 어느 한때는.

덜 헹궈 낸 치약처럼 입안에 남아 씁쓸한 맛을 자아내는 기억에서 벗어나려면 뭐든 해야 했다. 가방에 그려진 산이나 검색해 본다. 옆 동네 산을 구경하다 보니 옆 도시 북한산까지 흘러갔다. 북한산의 옛 이름은 삼각산, 여러 봉우리 중에서도 인수봉이란 곳은 장비를 갖추고 암벽 등반을 해야만 오를 수 있다고 했다. 가파른 암벽을 타고 정상까지 오르는 영상을 보고 나자, 알고리즘이 나를 암벽 등반의 세계로 이끌었다. 안전모와 안전벨트를 갖추고 줄에 의지하여 깎아지른 벽을 오르는 사람들을 보니 오, 멋있잖아?

메이트로 들어가서 내 아바타룸 벽에 암벽 사진을 붙여 두었다. 암벽 등반을 하는 사람들 경험담을 들어 보니 높다란 벽을 타고 오르면 그 상황에만 집중하게 되어 잡생각이 싹 사라진다던데, 정말일까? 암벽이 편의점처럼 집 근처에 있다면 당장이라도 달려가서 등반해 보고 싶다. 머릿속을 어지럽히는 채효미 생각을 떨쳐 버리게 말이다.

그러고 보니 우리 학교 체육관에 인공 암벽 시설이 있었다. 클라이밍 자율 동아리도 있지 않았나? 새별중 홈페이지를 확인하니 내 기억이 맞았다. 이름은 입에 담기도 부끄러운 영차영차 클라이밍, 지도 교사는 2학년 때 우리 반을 가르친 체육 쌤인데 클라이밍 선수 출신이라고 들었다. 학기 중 상시 모집이라고 해서 가입 신청서를 작성해 이메일로 전송했다. 동아리 활동을 줄이는 3학년이라 해도 자율 동아리는 말 그대로 자율이니까.

모르는 번호로 동영상이 첨부된 메시지가 왔다. 파일 제목은 '또치'. 반 단톡방에서 확인해 보니 은서의 전화번호다. 개인적으로 메시지를 주고받을 일이 없어서 2년 연속 같은 반인데도 번호를 저장해 두지 않았다. 이제 저장한다.

2분짜리 동영상에 고슴도치 또치가 가득하다. 사람 손바닥에 올라간 또치, 당근 조각을 오물거리며 먹는 또치, 쳇바퀴를 타는 또치, 세면대에서 목욕하는 또치… 어느 장면에서나 건강하고 행복해 보였다. 배경 음악은 스윈의 '귀여움 수록', 메인 보컬은 용후. 아는 사람이 드문 노래다. 모두 로제 떡볶이를 외칠 때 떡볶이는 원조가 제일인데, 중얼거리는 내 옆에서 은서가 내 말이 그 말이야, 하고 맞장구쳐 준 기분이 들었다.

은서

> 오랜만에 또치 얘기를 하니까 마음이 한결 편해졌어.
> 집에서는 얘기도 못 꺼내거든.
> 쌍둥이가 또치 이름만 들어도 울어서.

> 그렇구나….
> 또치, 엄청 귀여워.
> 너희 집에서 행복했을 거 같아.

은서

> 응, 행복한 고슴도치였어.
> 우리 가족 말고도 누군가 기억해 주면
> 좋을 거 같아서 보내 봤어.

은서가 또치를 기억 속에 간직해 줄 사람으로 나를 선택
했다니, 푹신한 구름 속을 맨발로 걷는 느낌이 들었다. 생
각날 때마다 또치 영상을 봐야겠다. 시간이 흐르면서 점점
뜸해지겠지만 어쩌다 한 번씩이라도 잊지 않고, 오래도록.

우리는 또치에 이어 스윈 얘기를 나누었다. 은서는 스윈
을 좋아해도 특별히 아끼는 멤버는 없다고 했다. 나는 내
최애가 용후라고 밝혔다.

> 근데 아까 나한테 괜찮냐고 물어봤잖아.
> 조금씩 괜찮아질 거 같아.
> 그리고… 미안해.

한참 망설이다가 보낸 메시지다.

서두르거나 머뭇거리지 않고, 은서의 답이 도착했다.

은서
> 나도 괜찮아.
> 그래, 그런 거 같아.

드디어, 백산하

2학기 개학 날, 아침 8시 19분. 친구였다가 친구가 아니게 된 채효미가 있는 교실로 들어가야 하는 첫날이다. 또 다른 3월 2일이나 마찬가지인 오늘이 오고야 말았다.

나는 신발장 문을 열었다 닫았다 하며 시간을 끌었다. 실내화로 갈아 신은 지도 한참이고 왼발은 왼쪽 신발에, 오른발은 오른쪽 신발에 잘 들어가 있으니 발가락은 그만 꼼지락대고 교실로 들어갈 차례다.

채린이와 효주의 웃음소리가 열린 창문을 지나 복도로 터져 나왔다. 여름 방학 전에는 카페라테에 얹은 크림처럼 귀에 달짝지근하게 녹아들었으나 이제는 양말에 박힌 가시처럼 마음을 콕콕 찌르는 소리. 채효미가 3학년 2반을 통치하는 왕족도 아니고, 난 왜 초대받지 못한 이웃 나라 거지처럼 문 앞에서 꾸물댈까.

> (M) 오늘은 새 학기 첫날입니다.
> 은서 님과 새로운 우정을 시작해 보세요.
> 은서 님 옆자리에 앉아 가볍게 인사를
> 건네 보는 것을 추천합니다.

> (M) 우정 시뮬레이션을 확인하세요.

메이트가 어젯밤 몇 번이나 돌려 본 시뮬레이션 영상의 미리 보기 화면을 띄웠다. 나는 음 소거한 영상을 다시 확인하며 마음을 다잡았다. 그런 다음 문을 열고, 교실로 발을 내디딘다.

채린이와 효주의 웃음소리가 그치더니, 보일러가 고장 난 한겨울 아침의 수돗물처럼 차디찬 침묵이 발밑으로 흘러와 고였다. 나는 그쪽을 무심결에라도 보지 않으려고 눈과 목에 힘을 주고 걸어갔다. 어깨는 움츠리고 턱은 치켜든 어정쩡한 자세로. 겁이 나고 불안한 한편으로는 믿는 구석이 있었으니, 그것은 메이트. 아는 것만 알고 모르는 것은 모르는 조언 앱, 온갖 인간관계 중에서도 우정과 연애에 전문이라는 인공 지능. 내가 기댈 언덕이라고는 그것뿐이었다.

은서는 창가 맨 뒤, 나 홀로 지정석에 앉아 있다. 한 명이 전학을 가서 짝수 인원이 되었으니 우리 반 역사에서 곧 사라지게 될 자리였다. 은서 앞에 멈춰 서서 목소리를 가다듬은 다음, 오늘 새벽에도 자다 깨서 입속으로 웅얼거린 말을 건넸다.

"은서야, 안녕. 옆에 앉아도 돼?"

그러면서 1학기 내내 비어 있던 자리를 가리켰다. 화살표 역할을 하는 오른손이 떨린다. 은서가 고개를 들어 나를 보았다. 일주일 전쯤 프리마켓에서 만난 날, 또치와 스윈에 관해 나눈 메시지를 끝으로 더는 연락을 주고받지 않았다. 메이트가 은서에게 메시지를 보내 보라고 조언했지만 다음에, 어쩌면 내일은, 하면서 미루다가 이렇게 8월 한중간에 3월 2일을 맞이했다.

"그럼, 당연하지. 내 자리도 아닌걸."

은서가 옆자리를 침범한 다이어리를 당기며 말했다. 나는 고맙다는 말을 웅얼거리고 앉았다. '내 자리도 아닌걸.'이란 말이 무관심인지 호의인지 가늠하면서.

은서 옆에 앉아 봤자 조회 시간에 자리 배치가 다시 될 텐데 무슨 소용이냐고 했더니, 메이트는 눈앞의 잠깐이 아니라 더 멀리 내다봐야 한다고 했다. 은서에게 말을 걸고 잠깐이라도 그 옆에 머무르는 첫 시작이 중요하다는 뜻일까. 하기는, 발자국과 발자국이 이어져 발걸음이 되니까.

어쨌거나, 개학 날 아침의 복도라는 망망대해를 방황하던 영혼이 의자라는 육지에 안착하여 안정을 찾았다. 그제야 교실 상황이 눈에 들어왔다. 다들 내키는 대로 뭉치고 흩어져 떠드는 중이다.

여름 방학 동안 얼굴이 더 하얘진 채린이가 팔짱을 긴 채 칠판에 기대서서 나를, 은서를, 은서와 나를 노려본다. 효주는 재들 저럴 줄 알았다니까, 하는 표정이고 미소는 내 착각인지는 몰라도 조용히 응원하는 눈빛이었다. 나는 미소가 은서에게 했다는 말을 되새기며 내 나름대로 눈빛 답장을 보냈다.

담임쌤이 들어오자 소음 데시벨이 몇 단계 하락했다. 쌤은 교탁에 출석부를 올려놓으며 교실을 둘러봤다.

"어째 마음대로들 앉아 있는 거 같은데? 방학 전엔 이게 아니었잖아? 그래 뭐, 다시 정할 거니까."

"이번엔 앉고 싶은 대로 앉으면 안 돼요? 딱 한 달만이라도요!"

채린이 옆에 앉은 효주가 소리 높여 말했다. 아이들이 동조하는 소리에 교실이 소란스러워졌다. 효주 의견이지만 나도 찬성. 제비를 뽑았다가 김채린이나 서효주와 짝이라도 된다면? 그 뒤에 벌어질 일이 쇼핑몰 첫 화면처럼 머릿속에 펼쳐졌다. '이번 주 신상품, 나지안을 노려보는 김채린 출시!', '김채린 자리로 놀러 온 서효주의 빈정거림 1+1 특가 판매', '고객님의 우정 포인트가 소멸되었습니다. 이제 한 푼도 쓸 수 없으니 썩 꺼지시죠?' 같은 광고와 공지 사항으로 뒤덮인 쇼핑몰 말이다.

"그건 12월쯤 생각해 보기로 하고 자, 제비 뽑자."

그래도 담임쌤은 여름 방학 동안 신문물을 배워 오셔서, 사탕 통에 넣은 쪽지 대신 휴대폰 앱으로 제비를 뽑았다. 결과가 발표될 때는 어찌나 심장이 쿵쾅대는지 은서에게 들리기라도 할까 봐 민망했다.

제비뽑기 결과, 나는 김채린과… 멀찌감치 떨어진 곳에 앉게 되었다! 효주, 미소와도 다른 분단이었다. 은서 자리는 옆 분단 대각선 앞이다.

새 짝은 다애, 3월 2일에 1분단 끝에 혼자 앉아 있던 아이다. 제비뽑기로 만난 짝과 친해졌는데 이번 여름 방학 때 그 단짝이 전학을 갔다. 그래서 지금 다애는, 이랬다가 저랬다가 변덕을 부리는 우정의 신에게 따귀라도 맞은 듯 우울하고 억울해 보인다.

"저기 있잖아. 우리, 급식 같이 먹을래?"

4교시 끝나는 종이 울리자, 다애가 말했다. 오전 내내 고민하다가 한 말 같았다. 자기처럼 '친구 없음' 상태가 된 내 처지를 알아봤겠지. 어디 얘뿐이겠어, 웬만한 애들은 다 눈치챘을 것이다. 채효미와 나는 휴대폰 액정과 보호 필름처럼 붙어 다니는 사이였다.

"그래. 나 화장실부터 좀 다녀오고."

급식실로 가는 채효미를 확인하고, 화장실로 종종걸음쳤다. 화장실에서 채효미와 마주치기 싫어서 몇 시간을 참았더니 사태가 긴박했다. 교실 앞으로 돌아가자, 복도에 다애와 은서가 서 있다. 내가 화장실에 있는 동안 어떤 대화가 오갔을까? 둘은 여름 방학 전, 한동안 앞뒤 자리에 앉았었다.

은서와 눈이 마주쳤다. 그 눈빛은 나에게 괜찮겠냐고 물었다. 채효미 보는 데서 나랑 밥 먹어도 괜찮겠어? 아무런 거리낌도 없다고는 못 하지만 무슨 상관인가, 나는 메이트가 조언한 대로 새로운 우정을 시작할 작정이었다.

우리 셋이 식판에 음식을 받아 와 나란히 앉자, 한 줄 건너 맞은편에 일렬로 앉은 채효미와 마주 보게 되었다. 오는 순서대로 빈자리 없이 앉아야 한다는 규칙 때문에 어쩔 수 없었다. 반찬으로 나온 그 좋아하는 떡볶이가 왼쪽 콧구멍으로 들어가는 기분이다.

"너, 쟤들하고 친하지 않았어?"

다애가 눈치껏 목소리를 낮추어 물었다.

"그랬지."

"근데 왜?"

"절교당했어."

너무 맛있는 떡볶이는 코로 들어가고, 너무 솔직한 대답은 입으로 튀어나오고. 머리를 써서 변명하기도 귀찮고 구차했다.

"절교? 아…"

다애가 알 만하다는 듯 고개를 끄덕이더니 말을 이었다.

"메이트 때문이지? 김채린 쟤는 그 앱 조언이라면 다 믿는 거 같더라. 난 가끔 해 봐도 별거 없던데. 은서야, 넌 메이트 안 하지?"

은서에게 묻는 말인데 왜 내 가슴이 내려앉을까. 제 발 저린 도둑은 심장도 남아나질 않는구나.

"그 앱 처음 나왔을 때 친구가 재미있다고 해서 깔긴 했는데, 한두 번 써 보고 말았어. 인간관계를 앱에 의존하는 건 아닌 거 같아서."

은서는 다애 말에 답하고는 나를 보며 물었다.

"넌 어때? 메이트 써?"

귀에서 삐— 소리가 나더니 몸을 탈출하는 영혼. 절대 사절하고 싶은 질문이지만 그럴수록 더더욱 멀쩡한 대답을 내놓아야 한다. 메이트를 사용한다는 사실을 은서에게 들키지 말라고, 다름 아닌 메이트가 조언했단 말이다. 이런 난관이 닥치면 무슨 말로 뚫고 나가라고 했더라? 나는 영혼의 뒤통수를 붙잡아 끌어당겼다.

"나도 너랑 비슷해. 옛날에 몇 번 써 봤는데 요즘은 안써. 나하고 잘 안 맞아서."

벌건 순두부찌개 국물에 빨간 얼굴이 비치는 듯했다. 밥을 반도 안 먹었는데 배가 불렀다. 배 속에 거짓말이 가득해서일까? 겁쟁이 나지안, 거짓말쟁이 나지안. 하지만 그편이 외톨이보다는 낫다. 채린이와 효주에게 궁상맞은 모습을 들키기는 싫었다.

* * *

다애는 학원에 가야 한다며 서둘러 하교했고, 나는 새로 가입한 동아리의 2학기 첫 모임이라 학교에 남아야 했다. 체육복으로 갈아입는 동안 은서가 기다려 주었다. 우리는 건물을 빠져나와 걸어갔다. 은서도 나처럼 인강 취향이라서 학원이 아니라 집으로 간다고 했다.

"무슨 동아리야?"

"클라이밍 동아리. 체육관에 실내 암벽 있지, 그거 어떻게 타는지 배워 보려고."

"클라이밍에 관심 있어?"

나는 몸을 틀어서 보조 가방으로 메고 온 천 가방을 보여 주고는 대답했다.

"원래는 별생각 없었는데 저번에 프리마켓 갔을 때 산을 봤거든. 그래서 이 가방도 샀고. 그때 산 영상 찾아보다가 암벽 등반까지 흘러갔는데, 재미있을 거 같아서."

나는 동아리 모임 장소인 체육관 앞에 멈춰 섰다. 채린이가 절교를 선언한 벤치가 보였다. 마음속을 휘젓고 다니던 폭풍우가 기억 속에 저장된 동영상처럼 재생되었다. 하지만 보라, 폭풍우는 지나갔고 나지안은 새로운 삶을 시작했다.

"토요일에 언니가 나무랑 들꽃 스케치하러 간다고 했거든. 학교 과제래. 너도 갈래?"

"나랑 너희 언니랑 둘이?"

"당연히 나도 가는 거지!"

은서가 짧은 웃음을 터뜨리며 말했다. 나도 내 물음이 어이없어서 웃었다. 우리 언니가 아니라 은서 언니인데 은서도 가는 게 당연하잖아.

"좋아, 나도 갈게."

이번에는 계획적 우연이 아니라 은서 쪽에서 초대했으니, 이것이야말로 인공 지능이 흉내 내지 못하는 고급스러운 인간관계의 표본이다.

"정확한 시간 정해지면 말해 줄게. 그럼, 클라이밍 영차 영차 잘 해."

은서가 손을 흔들고는 운동장을 가로질러 걸어갔다. 영차영차란 남부끄러운 동아리 이름은 흘려 말했는데도 놓치지 않았구나.

체육관으로 들어가 두 면에 걸친 인공 암벽 앞에 서서 기다리자, 체육복을 입은 회원들이 모여들었다. 학년마다 체육복 색깔이 다른데 3학년은 나뿐이다. 나까지 여섯 명인가 했는데 한 명이 더 왔다. 그 애를 보자 나도 모르게 비명처럼 뱉고 말았다.

"뭐, 뭐야! 여긴 왜 왔어?"

"나? 나한테 한 말이야?"

백산하가 크고 길쭉한 눈을 껌뻑이며 말했다.

그러니까 그게, 백산하였다. 김채린의 썸남 후보 1위, 내가 가로챌지도 모른다는 등 김채린이 말도 안 되는 소리로 엮으려 한 애들 중 한 명. 내가 얘를? 내가 얘랑? 김채린 휴대폰에 깔린 메이트, 바이러스 먹은 거 아니야? 훑어보고 뜯어봐도 내 스타일이 아닌데. 마라탕 4단계보다 더 피하고 싶은 상대인데.

"미안, 다른 사람이랑 착각했어."

눈에 힘을 풀고 얼버무렸다.

"다른 사람 누구? 원수? 너한테 엄청 미움받나 보다. 눈에서 살기가 번뜩였어, 방금."

원수까지는 심했지만 그렇다고 백산하가 반가운 대상도 아니었다. 김채린이 생각나서 마음 한구석이 불편해진다. 하필이면 얘가 속한 동아리에 내 발로 들어오다니. 채린이 눈에는 제 썸남 후보를 빼앗으려는 교묘한 수작이나 자기를 신경 쓰이게 하려는 복수로 보일지도 모른다. 괜한 오해 사기 싫은데 동아리 가입을 취소해야 하나.

"이 산, 가 봤어? 난 아빠랑 가끔 가는데."

백산하가 내 가방을 보며 말했다. 나야 널 몇 번 봤지만 그건 어디까지나 내 사정이고, 넌 날 언제 봤다고 재잘재잘

쫑알쫑알 수다 보따리를 풀고 난리야? 대체 얘가 어디를 봐서 귀엽다는 건지. 지금 와서 하는 말이지만 김채린, 네 취향 구려. 내 눈에 백산하는 나지훈의 가까운 미래쯤으로 보였다. 깜찍하지도 않고 끔찍하기만 한, 정신없이 번잡스럽고 말 많은 남자애.

"난 북한산에도 가 봤다? 북한산 최고봉, 백운대. 무려 836.5미터야. 처음엔 아빠한테 끌려갔는데 몇 번 가다 보니까 정들었어."

"정말? 인수봉은? 거기도 가 봤어?"

이런, 나도 모르게 반응해 버렸다. 그 결과, 안 그래도 신난 백산하가 본격적으로 흥이 올라 떠들어 댄다.

"인수봉을 다 알고 대단한데? 장비 갖고 암벽 등반하는 데라서 거기는 아직 못 가 봤지만 언젠가는 꼭 올라갈 거야. 기초부터 차근차근 연습해서 인수봉 가려고 이 동아리도 가입한 거거든. 원래는 더 일찍 오려고 했는데 집에서 아령 들다가 손목을 삐끗하는 바람에 그거 낫느라고 시간이 걸렸어. 너도 나중에 인수봉 오르고 싶은 거야? 북한산 가서 그쪽 보면 되게 멋져. 너무 멋져서 울컥하더라니까."

웅장한 풍경에 감동한 나머지 흘러내린 눈물을 꼬질꼬질한 안경 천으로 닦는 백산하를 떠올리자, 오지도 않은 감동까지 파괴되는 느낌이 들었다. 내 인간관계로도 모자라 미래의 감동까지 망가뜨리려 들다니.

"난 인수봉까지는 안 바라고, 일단 암벽 등반을 배워 보고 싶어서 왔어. 정신 수양에도 좋다 그래서."

"그치, 좋지. 좋을 거야. 우리나라에 클라이밍 유망주가 있다는 거 알아? 곽빛나 선수라고, 우리보다 두 살 많은데 진짜 잘해. 작년에 아시아 주니어 선수권 대회에서 금메달 땄어. 리드하고 볼더링 둘 다. 대단하지?"

곽빛나 선수는 알고리즘의 바다를 헤맬 때 몇 번 주워들은 이름이지만, 리드는 뭐고 볼더링은 뭐야. 어리둥절한 나를 아랑곳하지 않고 백산하는 휴대폰 사진첩을 열어 보였다.

"나 작년부터 빛나 누나 팬 돼서 경기장 가서 사인도 받았어. 봐, 멋있지? 장난 아니지?"

백산하가 내 눈앞에 들이민 사진에는 '산하 님, 응원 고마워요!'라는 문구 밑에 얘 말마따나 꽤 멋진 사인이 있었다. 곽빛나라는 이름을 들은 아이들이 백산하 주변으로 모여들어 사인을 구경했다. 이에 한껏 고무된 백산하가 아이들에게 사진을 한 장 더 보여 줬다. 검은색 클립보드 뒷면에 찍힌 하얀 손자국이다.

"이게 누구 손이냐면, 곽빛나 선수 손이야! 이 클립보드에 사인지를 받쳐서 내밀었거든. 빛나 누나가 손에 발라 놨던 송진 가루가 묻은 거지. 다음 시간에 사인지 갖고 올까?"

"와, 정말요? 직접 보고 싶어요!"

아이들이 웅성거리며 환영했다. 백산하는 곽빛나 선수에게 사인을 받을 당시의 상황을 무용담처럼 늘어놓았다.

쉬지도 않고 쏟아지는 말을 듣고 있으려니 고막으로 800미터짜리 암벽이라도 오른 듯 어지러웠다. 김채린은 백산하가 이런 애인 줄 알까? 비록 절교당했지만 인류애 차원에서 진상을 제보해 주고 싶을 지경이다.

구원자처럼 담당 선생님이 등장했다. 선생님은 나와 백산하를 새로운 회원이라며 아이들에게 소개했다. 3인 이상의 주목을 받자 여지없이 붉어지는 얼굴. 곧바로 스트레칭으로 넘어가서 다행이었다. 나는 선생님을 따라 온몸의 근육을 풀었다.

"1학기부터 했던 친구들은 저쪽에서 연습하고, 지안이랑 산하는 이쪽으로. 기초부터 알려 줄게."

선생님은 우리를 정면 벽의 한쪽으로 데려갔다. 기역 자로 붙은 다른 쪽 벽과는 달리 경사도 없이 수직으로 설치된 암벽에는 색깔과 모양이 다양한 손잡이가 여기저기 붙어 있었다.

"클라이밍에는 몇 가지 종목이 있는데, 볼더링과 리드가 대표적이야. 볼더링은 이렇게 밧줄 없이 하는 거고, 리드는 줄을 비롯해서 안전 장비를 갖추고 하지. 연습하다 보면 떨어질 수밖에 없는데 밑에 두꺼운 매트가 있으니까 겁먹지 말고. 그래도 기본자세와 낙법을 제대로 익혀 놔야 안전해. 뭐든 기초가 중요하니까."

경기까지 보러 가는 최애 선수가 있을 정도면 다 아는 얘기일 텐데도 백산하는 눈을 반짝이며 설명을 경청했다. 손을 들어 질문까지 한다.

"선생님, 저희 나중에 리드 클라이밍은 안 해요? 클라이밍 센터 가면 할 수 있다고 들었거든요."

"좋은 질문이야. 안 그래도 학기 말 특별 활동으로 청소년 수련원에 있는 인공 암벽장에 가서 리드 클라이밍을 체험해 볼 예정이야."

"진짜요? 저 갈게요, 꼭 갈게요!"

"열띤 성원 고맙다. 오늘은 기본자세를 연습해 보자. 여기 붙은 손잡이를 홀드라고 하는데, 양발을 벌려서 홀드에 한쪽씩 올리고, 양손으로는 홀드 하나를 잡아. 이렇게 삼각

형 모양을 만드는 거야. 몸을 벽 쪽으로 바싹 붙이고, 다리를 구부리면서 팔은 쭉 펴면 돼."

선생님이 능숙한 솜씨로 벽에 매달리더니 개구리처럼 보이는 자세를 취했다. 나는 선생님 시범을 잘 봐 두었다가 따라 했다. 쉬워 보였는데 보기보다 어려웠다. 몇 번이나 매트에 떨어지자 힘들고 서러운 마음에 탈퇴할까, 하는 생각이 들었다. 그런데 백산하는 땀을 흘리면서도 벽에 찰싹 달라붙어서 버틴다. 나도 오기가 생겨서 다시 도전했다. 하다 보니까 좀 나아진다. 입문자용이라 홀드가 큼지막해서 도움이 됐다.

"둘 다 아주 잘하고 있어. 지금부터 10분 휴식하자."

매트에는 앉거나 물건을 올려놓으면 안 된다고 해서 바닥에 앉았다. 이마에 배어 나온 땀을 손등으로 문질러 닦으며 숨을 몰아쉬는데, 백산하가 정수기 물을 컵에 담아 와서 내밀었다. 말만 많은 줄 알았더니 이런 센스가 다 있네. 나는 물을 받아서 마셨다. 차가운 물에 머리까지 맑아진다.

"고마워."

컵을 옆에 내려놓으며 말했다. 동아리를 탈퇴할 마음은 갈증과 함께 사라졌다.

특별한 친구

    우리 집과 은서네 집으로 나뉘는 갈림길, 지난 몇 주간 그랬듯 내일 보자는 인사를 하고 헤어질 시간이었다. 물론 집에 가서도 연락을 주고받을 때가 있다. 나는 그날 날씨에 맞는 스윈 노래나 인터넷에서 주운 귀여운 동물 사진을 보내고, 은서는 거기에 더해 이따금 환경이나 인권 보호에 관련한 서명 운동의 링크를 보내왔다. 링크를 방문해서 내용을 꼼꼼히 읽어 볼 때마다 뭔가 생각 있는 사람이 된 듯해서 기분이 좋았다.

    "이거, 저번에 먹고 싶다고 했지?"

    은서가 가방에서 꺼내는 과자를 보자, 내 입에서 헉 소리가 마중을 나갔다. 올가을 인기 최고 신상품, 전국적 품귀 현상으로 돈이 있어도 못 사고 줄을 서도 못 산다는 과자!

"우리 언니가 편의점에서 알바하거든. 언니한테 부탁해서 사다 달라고 했어."

그러면서 은서는 내 품에 질소와 유명세로 빵빵한 과자 봉지를 안겼다. 이 과자, 편의점을 다섯 군데나 돌아도 못 샀다고 말한 적이 있는데 그걸 기억해 뒀나 보다. 아직 입에 넣지도 않은 바삭바삭한 과자가 내 마음을 몽글몽글하게 했다.

"진짜 고마워! 저기… 우리 집 가서 인강 보면서 같이 먹을래?"

"그래, 좋아."

내 딴에는 망설이다가 물었는데 은서는 흔쾌히 대답했다. 예상외로 큰 안도감에 발걸음도 가벼워진다.

집에 들어갔더니 나지훈이 식탁에 앉아 컵라면과 피자를 먹고 있었다. 흰색 태권도복에 방금 묻힌 신선한 라면 국물과 핫소스 자국이 얼룩덜룩했다. 불길한 예감에 달려가 냉장고 문을 열어젖혔으나 세 발쯤은 늦고 말았으니. 우리 집에서는 구황 작물과 다름없는 냉동 떡뿐이다.

"야! 작작 좀 먹어! 집 거덜 내려고 태어났지, 너?"

"누나 나한테 그 과자 안 주려고 미리 난리 치는 거 다 알아."

"뭐래? 게 들어 있으니까 눈독 들이지 마. 여기 쓰여 있잖아, 너 왈왈 무는 꽃게 함유!"

나지훈은 꽃게 알레르기가 있다. 작년만 해도 꽃게가 들어간 음식을 몰래 먹었다가 얼굴과 목구멍이 부어서 병원에 끌려갔다 왔는데 연례행사다, 아주.

"왈왈 물면 그게 앞으로 달리는 개지, 옆으로 걷는 게냐? 처음 보는 누나, 내 말이 맞죠?"

나지훈이 남의 집 누나에게 지원을 요청했다. 우리 집 식량 자원을 둘러싼 두 먹보의 실랑이를 지켜보는 은서 말이다.

"듣다 보니 틀린 말은 아니네. 네가 지훈이구나? 태권도장 쌍둥이 알지? 나 걔들 누나야."

"아, 그 누나구나. 태권 쌍둥이한테 얘기 들었어요. 전 이제 도장 가 볼 테니까 우리 누나 좀 잘 부탁드려요. 친구에 죽고 못 사는 성격이거든요. 요즘은 웬일로 기분이 좋은가 했더니 그게 다 누나 덕분이었나 보네요."

"나지훈, 둘 중 하나만 선택해. 꺼질래, 죽을래?"

내가 이를 드러내고 으르렁거리자, 나지훈은 '살래!'를 선택하고 집 밖으로 내뺐다. 두 조각 남은 피자를 샌드위치처럼 겹쳐서 입에 문 채로.

거실 탁자에 과자와 음료수를 갖다 놓고, 떡을 종류별로 몇 덩이 꺼내서 찜기에 올렸다. 은서도 나처럼 떡을 좋아한다고 해서 기뻤다. 소라와 소연이는 할머니 입맛이라고 놀렸는데. 떡이라면 얼마든지 있으니 맘껏 즐기렴. 태블릿에 수학 인강을 띄워 놓고, 간식부터 먹기로 했다. 과자는 예상대로 바삭바삭 짜디짜고 고소했으며 기대보다 평범했다.

"맛있긴 한데 그렇게 막 전국이 난리 날 정도는 아니지 않아?"

"그러게. 어쩌다가 한 번씩 먹으면 맛있을 거 같아."

은서의 평에 내 의견을 보태자, 은서도 동의한다는 듯 고개를 끄덕였다. 채린이가 구해다 준 과자였다면 이렇게 솔직한 감상을 밝히지 못했을 것이다. 치명적일 만큼 맛있는 과자를 채린이 네 덕에 다 먹어 본다며 호들갑 떨어야 했겠지. 하지만 은서에게는 내 생각을 터놓고 말해도 괜찮았다.

채린이가 화려한 꽃이라면 은서는 자유로운 새 같았다. 채린이는 향을 뿜으며 자기 근처로 사람들을 끌어당기지만, 은서는 날개를 펼치고 날아다니며 먼 곳을 탐험하기도 하고 나뭇가지에 앉아 쉬기도 한다. 꽃은 한곳에 뿌리박혀 있으면서도 꽃씨를 바람결에 멀리 퍼뜨리고, 새는 깃털을 떨구며 세상을 널리 구경하다가도 해가 지면 둥지로 돌아온다.

은서와 있으면 비 내리는 날 잔잔한 용후 목소리를 들을 때처럼 기분도 마음도 차분해졌다. 은서가 옆에 있지 않더라도 그 느낌은 마찬가지였다. 쉬는 시간마다 잡담을 나누지 않아도, 제자리에 앉아 각자 할 일을 해도, 눈을 들면 은서가 거기 있었다. 같이 밥을 먹고, 학교가 끝나면 갈림길까지 나란히 걸어가고, 메시지도 주고받고, 주말이면 프리마켓이나 둘레길에서 만나기도 하고⋯ 이것이 나지훈 식대로 말하자면, '웬일로 기분 좋은' 나의 요즘 일상이었다.

"인강은 어때? 들을 만해?"

가방에서 교재를 꺼내며 은서가 물었다. 이번 달부터 나도 은서가 추천해 준 인강으로 갈아탔다. 진도가 서로 다르지만 은서는 복습 겸 내 진도에 맞추어서 같은 회차를 보겠다고 했다.

"응, 설명을 자세히 해 줘서 좋아. 이거 듣고부터 수학 시간이 좀 덜 무서워졌어."

그러나 인강을 재생하고 10분 뒤, 문제 풀이 부분에서 나는 머리를 감싸 쥐며 "진짜 뭐라는 거야!" 외치고 말았다.

옆에 앉은 은서를 깜빡하고 평소 버릇이 나왔다.

"왜? 어떤 부분이 어려워?"

은서가 동영상을 멈추고 묻더니, 내 대답을 듣고는 연습장에 도형을 그리고 식을 써 가며 가르쳐 줬다. 개념 설명부터 문제 풀이까지, 귀찮아하는 내색 없이 친절하게.

"그럼, 답이 1번이야? 와, 맞았네! 나 이해했어! 은서야, 너 선생님보다 설명 잘한다."

은서와 친구가 되면 여러모로 나에게 도움이 될 것이라고 메이트가 예측했는데, 그 '여러모로'에 이런 깜짝 과외도 포함될까.

"설마. 너랑 같은 눈높이에서 알려 주니까 그렇게 느끼는 거겠지."

"너랑 나랑 눈높이 다른데. 넌 수학 잘하잖아."

은서는 수학뿐만 아니라 공부 자체를 잘한다. 나는 수학뿐만 아니라 성적 자체가 그저 그렇고. 내가 공부를 잘하면 뭐 얼마나 잘한다고, 하는 표정으로 은서가 말했다.

"난 있지, 그런 거 별 의미 없다는 생각이 들어. 공부를 잘하고 못하고, 누가 인기가 많고 없고, 그런 거."

"나한테 해당 사항이 없어서 그렇지, 공부는 잘하고 보는 게 이득 같던걸? 인기도 없는 것보단 있는 게 낫지. 돈도 그렇고, 학벌도 그렇고."

"정말 그렇게 생각해?"

은서의 물음에 나는 쿠션을 껴안은 채 소파를 등받이 삼아 기대앉았다. 엄마와 아빠가 하는 말, 친구들이 하는 말, 인터넷과 학교와 학원에서 들은 말… 온갖 말이 짜디짠 과자의 뒷맛처럼 머릿속을 맴돌았다.

"확신하는 건 아니지만, 세상은 그런 곳이라고 사람들이 그러니까."

"그런가? 그래, 아마 그 말이 맞겠지. 맞아, 세상은 좀 그런 곳인 거 같아."

웬일인가 싶도록 쉽게 인정하는 은서. 나랑 똑같은 자세로 쿠션을 껴안더니 내 옆에 기대앉는다. 태블릿 화면이 꺼졌다.

"넌, 세상이 그런 곳이라서 싫어?"

은서에게 물어봤다.

"싫다기보단 안타까워. 어떨 땐 화가 나기도 하고. 좀 더 괜찮은 곳이면 좋겠거든. 서로 돕고, 신경도 써 주고. 사실 주변을 둘러보면 그런 사람도 많지만."

은서 역시 그런 사람이었다. 이 세상을 좀 더 괜찮은 곳으로 만들려고 노력하는 사람. 할 말을 해야 할 때 하고, 꼭 필요한 행동을 필요한 순간에 하려고 노력하는 사람 말이다. 그래서인지 채린이나 효주처럼 은서를 고까워하는 애들도 있지만 다른 한편에는 은서를 찾고 의지하는 애들도 있었다. 학교에서 은서는 혼자인 듯 보여도 알고 보면 혼자가 아니었다. 나처럼 어려운 문제를 풀어 달라며 문제집을 들고 오는 애들도 있고, 바다거북 살리기 서명 운동에 참여해 줬으니 너도 내 최애에게 투표해 달라고 하는 애들도 있고, 자기네 모둠에 들어와서 역할극을 같이 하자고 하는 애들도 있고…. 은서는 자기가 할 수 있는 선에서 남을 도와주면서도 함부로 이용당하지 않았고, 이득을 얻으려고 야비하게 굴거나 비굴하게 무릎 꿇지도 않았다. 은서가 허용하는 만큼 가까이에서 지켜본 바로는 그랬다.

"은서야, 넌 나중에 뭐 하고 싶어?"

"꿈? 직업?"

"둘 다."

"아직 못 정했어."

의외였다. 생각 깊고 속 깊은 은서라면, 어른이 되어서 무엇을 하며 어떻게 살아갈지 유치원 졸업 무렵에 다 정해 놨을 줄 알았다. 뭘 하고 싶은지도 모르겠고 이다음에 뭐 먹고살지는 더더욱 몰라서 계절마다 한 번씩 환절기처럼 존재의 허무를 겪는 나랑은 다르리라 봤는데.

"어차피 나는 나니까, 내 소신만 지키면서 살면 어디서 뭘 하든 괜찮지 않을까? 난 누구한테 꿈이 뭐냐고 잘 안 물어봐. 내년 생일에 뭐 먹고 싶을 거 같냐는 질문이랑 비슷하잖아. 지안이 너한테 뭐라 그러는 거 아니니까 오해하진 말고."

"오해 안 해. 근데 얘기하다 보니까 또 배고프다. 이거 먹으면서 보자. 한 김 식으면 더 맛있거든."

식어서 쫄깃해진 떡을 먹으며 인강을 다 듣고 나자, 은서가 집에 가야겠다며 일어났다. 현관문 밖 엘리베이터까지 친구를 배웅하고 온 나는, 메이트 대화창을 열었다. 오늘 은서에게 무슨 선물을 받았는지, 어떤 대화를 나눴는지 알려 주고 조언을 구했다.

> 나도 은서한테 선물할 거 뭐 없을까?
> 특별하고 센스 있는 선물.

나는 은서에게 특별한 친구가 되고 싶었고, 그런 마음을 전할 선물이 필요했다.

Ⓜ 데이터 분석 중….

* * *

여느 날처럼 갈림길, 가방에서 선물 꾸러미를 꺼내 은서에게 건넸다.

"그냥 작은 거야. 저번에 과자 받은 거 고마워서."

"정말? 지금 뜯어 봐도 돼?"

은서가 이렇게 나올 줄은 몰랐지만 나는 그러라고 했다. 궁금증 가득한 표정으로 포장을 뜯는 은서. 쓰레기 문제에 민감한 성향을 고려한 재생지 포장이었다. 나는 웃는 얼굴을 한 채 속으로는 조바심을 냈다. 선물이 은서 마음에 쏙 들어야 할 텐데, 아픈 기억만 건드리고 말면 안 되는데.

포장지 안에서 고슴도치가 나왔다. 고리가 달린 조그만 고슴도치 인형. 앞발을 모아 '2000'이란 숫자 팻말을 쥐고 있다.

"얘, 또치야?"

"또치를 닮아서 사긴 했는데⋯."

은서 눈치를 살피며 대답했다.

"오늘이 또치랑 만난 지 2000일째라는 거, 어떻게 알았어?"

손바닥에 올린 인형을 한참 들여다보던 은서가 물었다.

정말 은서도 그 숫자를 헤아리고 있었구나. 메이트의 예측이 적중했다. 나는 은서가 기념일에 연연해하지 않을 것 같다고 했지만, 메이트는 이 부분에서만큼은 그렇지 않을 확률이 높다고 분석했다. 인간은 죽은 존재에게 더욱 강렬한 그리움을 느끼는 경향이 있다면서.

"예전에 또치 동영상 보내 준 적 있잖아. 그거 보고 알았어."

잠시 생각하는 눈치던 은서가 "아!" 하고 탄성을 뱉었다. 예리하고 섬세한 관찰력을 향한 감탄이 두 눈에 어린다. 나만 알고 있을 비밀이지만, 그 관찰력은 내가 아니라 메이트 소유다. 메이트는 은서가 보내 준 동영상에서 케이크 모양으로 만든 종이 모자를 쓴 또치를 포착했다. 초가 두 개 꽂힌 케이크였고, 또치 뒤로는 날짜가 나오는 디지털시계가 찍혀 있었다. 그날이 또치의 두 살 생일이거나, 은서네 집에 온 지 두 해째 되는 날이라고 짐작한 메이트는 날짜를 계산하여 오늘을 선물 주는 날로 정했다. 작전명은 또치데이, 인형을 사고 D-11에서부터 카운트다운을 시작하여 오늘에 이르렀다.

"언제 태어났는지 정확히 몰라서 우리 집에 온 날을 생일이라고 쳤어. 세려고 센 건 아닌데 2000일이 됐네. 얘 진짜 또치 닮았다."

손가락으로 조심스레 고슴도치 인형을 쓰다듬는 은서.

이 인형으로 말할 것 같으면, 메이트가 인터넷에서 찾아 줬다. 10 단위와 100 단위, 1000 단위로 온갖 숫자 팻말을 든 다양한 동물 인형을 파는 해외 사이트였고, 바쁜 아빠에게 부탁해서 직구까지 했다. 물건값보다 배송비가 더 들었다. 메이트가 아니었다면 내 세계관에서는 파생되지 않았을 발견과 발상이었다. 인형을 포장해 놓고 오늘이 오기만을 얼마나 기다렸는지, 11일이 110일 같았다. 메이트가 정해진 날짜를 지키라고 조언하지 않았다면 참지 못하고 일주일쯤 먼저 줬을 거다. 나는 인공 지능이 아니라서 두근거렸다가 뜨거워졌다가 들썩이는 심장이 있단 말이지.

"또치를 기억하고 챙겨 줘서 고마워."

은서가 고슴도치 인형을 가방에 달더니 웃었다. 슬퍼하거나 쓸쓸해하는 기색 없이 환하게. 자기 가족 말고도 또치를 기억해 주는 사람이 있으면 좋겠다던 말을 잊지 않았다고 알려 줬으니, 이쯤이면 성공이다. 은서에게 특별한 기억으로 남을 선물이 되었으면. 그리고 그 기억이 나를 바라보는 시선으로도 이어졌으면.

"내가 떡볶이 살 테니까 부두 쪽으로 갈래? 떡볶이집이 그 근처에 있거든. 너한테 보여 주고 싶은 것도 있고."

대환영, 대찬성.

우리는 갈림길에서 뒤돌아 부두를 향해 걸어갔다. 10월 말인데도 초겨울처럼 쌀쌀한 날씨였다. 자목련동은 바닷가 동네라, 주택가에서 20분쯤 걸어가면 오래된 부두가 나온다. 가 본 지는 오래됐지만 그곳에는 배도 있고 갈매기도 있고, 무엇보다 바다가 있다. 은서와 걷다 보니 발바닥에 음표가 새겨진 듯 발걸음마다 리듬이 실린다. 은서 가방에 달린 고슴도치 인형도 우리가 걷는 박자에 맞추어 흔들거렸다.

횡단보도 앞에서 신호를 기다리는데, 건조한 손에서 휴대폰이 미끄러져 떨어졌다. 어찌 된 일인지 화면에 메이트가 뜬 채로! 내 딴에는 번개 같은 속도로 휴대폰을 주워 겉옷 주머니에 쑤셔 넣었다. 재빨리 살펴보았더니 은서는 아무것도 모르는 얼굴이다. 너무 잠깐이라 내 휴대폰 화면을 볼 새가 없었나 보다.

길을 건너는 동안 목구멍이 사막처럼 말랐다. 꼭 죄지은 기분이다. 지은 죄를 들킬 뻔했다는 불안감. 정확히 무슨 죄인지는 몰라도 무죄는 아닐 듯. 사실은 메이트를 사용하고 있다고, 너랑 친구가 돼 보라는 조언을 들었다고 고백하는 장면을 상상했다. 앱 같은 거 없어도 은서와 잘 지낼 수 있지 않을까? 하지만 은서 가방에 달린 고슴도치 인형이 시야에 잡히자, 그 상상은 물거품처럼 사라졌다. 인형을 받고 놀라면서도 뭉클해하던 은서의 표정, 그것은 누가 뭐래도 메이트가 제작한 성공작이었다.

"참, 영차영차는 잘돼 가?"

"열심히는 하고 있어."

일주일에 한두 번씩 체육관 암벽을 영차영차 오르내리며 기본자세와 코스를 익히고, 낙법도 매번 요긴하게 활용한다. 체육관에서 만날 때마다 백산하가 빛나 누나, 우리 멋진 빛나 누나, 하고 두 눈을 빛내며 노래를 불러서 그게 좀 성가시기는 하다. 그런데 쉬는 시간에 눈앞으로 들이미는 경기 영상을 보면, 곽빛나 선수가 대단하기는 대단했다. 클라이밍 기초를 조금씩 익혀 갈수록 선수들이 얼마나 정확하고 날렵하면서도 창의적인지 보는 눈이 생겼다. 학기 말에 방문한다는 청소년 수련관의 암벽장도 소개 영상을 찾아봤다. 우리 학교보다 훨씬 크고 높은 시설이라 구경만으로도 긴장된다.

"선생님이 그러는데, 벽에도 길이 있대. 어느 홀드로 어떻게 갈지 문제 풀듯이 궁리하다 보면 길이 보인대."

"홀드? 체육관 벽에 붙여 놓은 돌 같은 거?"

"응. 난도별로 홀드 크기랑 간격이 달라. 어려운 코스일수록 문제 풀이도 까다로워지고. 혹시 곽빛나라고 알아? 우리나라를 대표하는 클라이밍 선수. 백산하가 완전 팬이라서 알게 됐는데… 아, 백산하는 동아리에서 만난 애야."

"백산하? 산하도 영차영차야?"

"맞아. 걔랑 아는 사이야?"

"곽빛나는 모르지만 백산하는 알지. 6학년 때 같은 반이었어."

"백산하 걔, 어때? 어떤 애야?"

"아주 친했던 애는 아니라 자세히는 모르지만 착했어. 말이 좀 많은데 얘기하다 보면 재밌고. 근데 백산하는 왜?"

"그게, 사실은…."

은서가 말해 보라는 듯 발걸음을 늦추었다. 어느덧 부두였다.

"김채린이 걔한테 관심 있거든. 메이트가 추천한 썸남 후보래."

"아, 메이트. 김채린은 항상 그 앱 얘기를 하는 거 같더

라. 혹시 메이트가 지안이 널 김채린한테 추천해 준 거야?"

은서 말에 나는 뜨끔해서 마른침을 삼켰다. '혹시 메이트가 나를 너한테 추천해 준 거야?'란 질문이 아니어서 얼마나 다행인지.

"응, 그렇다고 들었어. 그런데 이젠 내가 더 이상 채린이한테 좋은 친구가 아니라고 메이트가 그랬대. 우정 적합도가 떨어졌다나? 절교, 그래서 당한 거야."

"앱만 믿고 친구한테 그러다니 심했네."

"그러니까. 앱에 나온 말을 자기 좋을 대로 듣는 거, 진짜 한심해."

은서가 내 편을 들어 주는 말에 호응하고 나서야, 내가 얼마나 뻔뻔한 소리를 했는지 깨달았다. 누가 누구한테 한심하다는 건지. 하지만 나는 메이트 중독자이자 추종자인 김채린과는 달리 최소한의 분별력은 보유하고 있다. 아무리 그래도 그렇지, 친구한테 절교 선언을 하지는 않았으니까.

진정하라는 듯 파도가 밀려왔다.

해가 서서히 저물 준비를 하는 부두. 바닷물이 콘크리트 구조물을 적시며 찰랑이고, 그 파동에 오래된 고깃배가 흔들렸다. 통통한 갈매기가 하늘을 날고 해초가 얽힌 그물은 뭍에서 말라 간다. 부둣가에 조성된 산책길을 따라 걸어가자, 실물과 크기가 비슷한 배 모형이 나왔다.

"이거야, 내가 보여 주고 싶다고 한 거."

은서가 배 모형을 가리키며 말했다.

우리는 배 위로 올라가 바다를 바라보았다. 수평선까지 이어진 바다, 그 드넓은 바다의 일부분이 눈앞에서 끊임없이 움직였다. 바다는 조금 전과 똑같으면서도 조금 뒤와 달랐다. 같기도 하고 다르기도 한 바다를 보고 있으려니, 은서에게 채린이를 고자질한 일이 창피해졌다. 이제 옛 친구를 향한 감정은 파도에 실어 먼바다로 흘려보내고, 분노와 원망에서도 벗어나자. 은서 얼굴에 가을 바다의 빛깔이 어룽졌다.

그때, 자전거 한 대가 지나갔다. 어떤 할아버지가 개 한마리를 옆구리에 끼고서 페달을 밟는다. 개는 할아버지와는 반대 방향을 보게 끼어 있다. 어제오늘 일이 아니라는 듯 태평한 표정으로 혀를 내민 채 주변을 두리번거린다.

자전거가 모퉁이를 돌아 사라지고 나서야 우리는 웃음을 터뜨렸다. 짐작과 추측이 난무했다. 산책하다가 지친 개가 이쯤 오면 걷기 싫어서 저렇게 데려가는 것 아닐까, 잠정적 결론이 났다.

배에서 내려와 산책로를 걷다가 우리는 다시 한번 웃었

다. 바다 쪽으로 설치된 난간 밑을 통과해 인도로 기어오르는 게 두 마리와 마주친 것이다. 두 마리 다 손바닥에 올린다 해도 공간이 널널하게 남을, 조그만 게였다.

"얘들 영차영차 기어가는 거 봐."

"귀엽다. 오늘 재밌는 개도 보고 귀여운 게도 보네."

게 두 마리는 가로등 옆에 파인 구멍으로 쏙 들어갔다. 게 과자를 맛있게 먹은 과거가 미안해질 만큼 깜찍한 친구들이었다.

부두를 지나 떡볶이집으로 향하면서, 꽤 괜찮은 나날이라는 생각이 들었다. 은서가 있으니 학교에서 채린이와 효주가 나를 어떻게 대하든 무섭지 않았다. 신경이 안 쓰인다면 허풍이지만 있지도 않은 웜홀을 통과해 소 자매네 반으로 도망가고 싶을 정도는 아니다.

그러나 횡단보도 앞에 섰을 때, 메이트를 화면에 띄운 채 바닥으로 떨어지던 휴대폰이 떠올랐다.

나는 파도처럼 밀려드는 뜻 모를 불안감을 안은 채 길을 건넜다.

아니, 싫어

기말고사를 2주일 앞둔 오늘, 영차영차 선생님은 시험에
는 체력이라며 예전보다 연습 강도를 높였다. 두 달 반 넘도
록 시험 기간 빼고 일주일에 한두 번씩은 오른 벽인데도 땀
이 나고 숨도 찼다.

"특히 3학년들. 당장은 힘들어도 내년에 고등학교 가면
그때 열심히 운동해 두길 잘했지, 할 거야. 고등학교 생활도
체력이거든. 자, 힘내자!"

선생님은 누가 봐도 나를 겨냥해 당근 매단 채찍을 휘둘
렀다. 시험도 체력, 학교도 체력이면 인생도 체력이겠네. 몸
이 피곤하니까 만사가 귀찮다는 엄마 아빠를 보면 맞는 말

같기도?

동아리 활동을 마치고 체육관을 나오던 나는 그 자리에 멈춰 서고 말았다. 체육관 앞에 채린이와 효주가 서 있다.

"야, 나지안! 시험 끝나고 수련원 같이 갈 거지?"

눈치도 참 때를 딱 맞춰서 없고 난리인 백산하가 나를 뒤따라오며 큰 소리로 말했다. 부정도 변명도 못 하게 이름까지 붙여서. 팔짱을 끼고 선 채린이 눈매가 내 이름에 선을 긋듯 날카로워졌다.

백산하가 채린이를 보더니 "어?" 하고 멈춰 섰다. 그러자 고개를 살짝 틀어 "안녕?" 인사하는 김채린. 그새 백산하는 땀으로 얼룩진 안경을 벗어 체육복 상의로 문지르느라 정신이 없다. 저럴 거면 입이나 다물고 있지 "어?"는 왜 했을까.

"우리 예전에 행성중에서 봤지? 축구 시합 때."

채린이가 '우리'란 단어를 말하는 방식은 정교하고 교묘하다. 과하지도 튀지도 않고, 은근한 친근감과 관심을 담아서, 우리. 우리가 아직 친구였을 때는 나도 그 혜택을 누렸다.

"그때 응원해 준 덕분에 우리 팀이 2 대 1로 졌지."

백산하가 땀이 닦이기는커녕 넓게 번진 안경을 쓰며 대

답했다.

"원래는 3 대 1로 질 실력인데 응원 덕분에 한 골쯤 덜 먹은 거 같아. 너도 봤지? 행성중에 위치 선정 천재가 되려다 만 애가 있어서 우리가 못 당하는 거? 축구부 아닌 애들 중에서는 동네 최고일걸. 걔랑 내년에 같은 학교 가서 같은 팀 하려고."

채린이 얼굴이 미묘하게 일그러졌다. 그럴 수밖에, 백산하는 입 다물고 가만있어야 본전이라도 건지는 캐릭터니까. 입이 열리면 국 위를 떠다니는 대파를 골라내듯 쟤를 커다란 국자로 건져서 저 멀리 휙 치우고 싶어진다. 백산하에 관해서라면 이제 김채린보다는 내가 더 잘 안다, 유감스럽게도.

"우리 응원이 그 정도밖에 안 됐다니 안타깝네."

채린이는 또 다른 '우리'인 효주를 돌아보며 말했고, 효주는 어깨를 으쓱한 채로 고개까지 흔들었다. 저러다가 백산하, 김채린의 썸남 후보 순위에서 뒤로 밀려나겠네. 방금 전 응원 어쩌고 했을 때 벌써 두 계단쯤 하락했을 듯. 좋게 말해서 눈치가 빠르고 나쁘게 말해서 약삭빠른 채린이는 몇 달 동안 백산하를 관찰해 왔을 테고, 그러면 그럴수록 얘는 아니다 싶으면서도 메이트의 추천을 무시하지 못해 썸남 후보에서 지우지 못했을 것 같다. 보면 볼수록 이 둘은 서로 취향이 아니다. 어쩌면 채린이는 그 누구든 사귀거나 고백을 유도해 낼 마음이 없는지도 모른다. 쇼핑몰 장바구니에 물건을 담았다 비웠다 하듯 썸남 후보들을 저울질하며 오늘은 이랬다가 내일은 저랬다가 오락가락하는 마음의 추를, 그 경쾌한 움직임을 즐기는 중인지도.

"수련원 가는 거 생각해 보는 거다, 나지안? 거기 암벽 완전 재미있을 거야."

백산하가 내 귀에 쐐기를 박더니 가상의 축구공을 몰고 가는 시늉을 하며 멀어졌다. 깎아지른 암벽에 서식하는 천년 묵은 혼령이라도 되어 녀석에게 호된 시련을 안겨 주고 싶은 열망이 타오르지만, 먼저 이쪽 둘부터 처리하고.

"우리, 얘기 좀 해."

세 번째 '우리' 등장. 마침내, 나지안과 김채린이다.

나는 땀으로 젖어 후줄근해진 체육복을 내려다보았다. 채린이는 과수원 옆에 피어난 한 떨기 꽃처럼 향긋한 냄새를 풍긴다. 보다시피 나는 상태가 바람직하지 못할 뿐만 아니라 얘랑 하고 싶은 말도 없었다. 원래는 많았는데, 가슴속에서 부글거렸는데, 이제는 없다. 은서와 함께 부두에 갔을 때, 바다에 던지고 텅 빈 마음으로 돌아왔다.

"뭐, 그러든가."

꼴이 추레하니 말이라도 쿨하면 좋을 듯해서 뱉은 대사다. 김채린이 무슨 얘기를 하려는지 궁금하기도 했고.

"너 그렇게 안 봤는데 보기보다 치밀하다? 백산하랑 같은 동아리까지 들고, 이젠 수련원인지 뭔지 그런 데도 같이 갈 건가 봐? 너 일부러 채린이 신경 쓰이게 하려고 그러는 거지?"

쿨한 나에게 이글거리는 몇 마디를 던지더니 자리를 뜨는 효주. 김채린의 충직한 친구답다.

"효주가 말이 좀 심했네. 네가 들어간 동아리에 백산하가 있었을 뿐인데, 그치?"

채린이가 머리카락을 매만지며 말했다. 한 명은 때리고, 한 명은 달래는 척하고, 유치하기는.

"신경 쓰이면 너도 동아리 들어오지, 왜? 백산하한테 관심 있잖아."

"내가 걔한테 관심 있는 게 아니라, 걔가 나한테 관심이 생길 예정이었지. 이젠 그렇게 놔둬도 되나 싶어졌지만."

어떤 심경 변화가 있었는지 물어보라는 듯 뜸을 들이는데도 나는 잠자코 있었다. 운동 효과로 신진대사가 활발해졌는지 배가 고팠다. 집에 가면 어제 먹다 남은 치킨을 데워

먹어야지.

"가만 봤더니 백산하 걔, 나한텐 좀 부족하더라고. 그러니까 지안아, 너 백산하랑 어디든 가도 돼."

나는 황당과 당황 사이에서 어처구니를 잃고 이마를 찡그렸다. 네가 뭔데 누구랑 어디를 가라 마라야. 세상이 네 거야? 아니면 내 다리가 네 거니?

"열심히 체력 키워서 백산하랑 암벽도 오르고 알콩달콩 지내라고. 너랑 백산하 사이, 인정해 줄게."

"말도 안 되는 소리 하지 마! 뭘 인정해 준다는 거야?"

짜증 수치가 치솟아서 나도 모르게 소리쳤다. 그러고는 휴대폰을 꺼내 메이트를 열었다. 정신을 차리니 채린이 눈앞에 백산하와 내 연애 적합도 측정 결과를 들이대고 있잖아? 이렇게 된 거, 할 말은 하자.

"자, 봐! 완전 엉망이지? 안 그래도 네가 이렇게 나올 거 같아서 측정해 본 거야. 네 썸남을 가로챈다는 둥 이상형이 어떻다는 둥 말도 안 되는 소리를 하니까 내가 정말 너무 어이가 없어서 해 봤다고. 보다시피 이렇거든? 최악이거든? 너 메이트 조언이라면 뭐든 믿잖아. 그러니까 백산하랑 엮으려고 하지 말고 나 좀 놔둬. 아무 감정도 없고 아무 사이도 아니니까."

아니지, 감정이 있기는 있다. 얘 또 시끄럽게 떠든다 싶어서 미리부터 기가 질리는 악감정. 백산하와 우정 적합도도 측정해 봤는데, 그쪽은 결과가 나쁘지 않았다. 백산하는 썸이나 연애 상대로는 꽝이어도 못된 인간이나 나쁜 친구는 아니었다. 은서 말마따나 대체로 착하고 가끔은 재미있는 애다.

"내가 언제 가로챌 거라고 했어? 그런 일이 생겨도 놀랍지 않을 거라고 했지. 백산하라고 딱 짚어서 말한 적도 없는데 웬 오버야? 그리고 너, 메이트 안 한다고 하지 않았어?"

"안 해."

"안 하기는, 하잖아. 이것 봐, 했잖아."

"원래는 안 하는데 어이없어서 한번 해 본 거라니까."

그제야 내 실수를 깨닫고 휴대폰 화면을 껐다. 뭐 별일이야 있겠어? 메이트가 조언하기를, 메이트를 이용한다는 사실을 은서에게 들키지 말라고 했지 김채린에게도 숨기라고 하지는 않았으니까. 나는 나 좋을 대로 생각하며 초조함을 억눌렀다.

"알았다! 그런 거였구나? 맞아, 그런 거였어."

눈을 가느스름하게 뜨고 나를 살피던 채린이가 입가에 반짝거리는 웃음을 신상 틴트처럼 덧발랐다. 조마조마한 불안감이 고개를 쳐든다. 은서와 부두에 간 날, 횡단보도 앞에서 그랬던 것처럼.

"강은서랑 친해지라고 메이트가 추천해 줬지? 그렇지?"

채린이가 내 쪽으로 붙어 서며 대답을 채근했다. 다가오는 만큼 비켜나고 싶지만 등 뒤가 담장이라 물러날 데가 없다. 막힌 곳인데 왜 꼭 벼랑 끝 같지.

"효주가 너랑 강은서랑 비슷하다고, 같은 부류라고 했을 때도 난 긴가민가했거든. 그런데 2학기 되자마자 영혼의 단짝이라도 만난 것처럼 둘이 친해지더라? 강은서 개야 여기저기 오지랖 펄럭이고 다니는 애지만 지안이 넌 그렇지가 않잖아? 남한테 말도 제대로 못 걸고 그러는 성격인데 강은서랑 너무 금방 친해져서 이상하다 싶었어. 난 또 나 보라고 일부러 그러는 줄 알았다니까? 그런데 답이 그거였네, 메이트. 메이트가 너한테 강은서를 추천하고 이것저것 조언해 주고 있는 거야. 내 말 맞지?"

"은서랑 메이트는 관계없어!"

악당에게 붙잡힌 주제에 '그 사람은 상관없으니 풀어 줘! 너는 내가 상대한다!' 하고 허세를 부리는 삼류 영화 주인공 같다. 얘랑 쿨한 척 대화를 시작하는 게 아니었어. 집에 가서 스윈 노래 들으며 치킨이나 먹었어야 했는데.

"말했잖아. 백산하랑 어떨지만 알아본 거라고. 너라도 그랬을걸?"

"물론 나라도 그랬겠지. 암튼 알았어. 메이트는 그쯤 해 두고 우리, 딴 얘기 하자."

"딴 얘기 뭐?"

메이트 말고 다른 화제라면 양자 역학이든 30년 뒤 대입 정책이든 환영하고 볼 일이었다.

"너한테 기회를 다시 한번 줘 볼까 해. 우리랑 친하게 지낼 수 있는 기회 말이야. 예전처럼 솔라시도 보러 가고, 학원도 같이 다니고, 마라탕도 먹고. 학원 앞에 새 가게 생겼는데 거기가 더 맛있더라. 오늘 먹으러 갈래?"

"무슨 소리야. 절교하자고 한 건 너잖아! 그런데 갑자기 마라탕을 먹으러 가자고?"

기회라는 추상적 개념이 마라탕이라는 지극히 현실적인 소재로 이어졌는데도 이상하리만치 비현실적이다.

"절교라니 그렇게 극단적으로 말하지 말고. 우리 사이에 사소한 문제가 있었고, 그걸 정리하기까지 시간이 필요했을 뿐이야. 별로 대단한 일도 아니었는데 예전으로 돌아가지 말란 법도 없잖아?"

말하는 중에 휴대폰이 진동하자 채린이가 패턴을 입력했

다. 화면에 뜨는 메이트가 얼핏 보였다. 그래, 너 역시 그거지, 메이트. 기회 어쩌고 오해 저쩌고 하며 예전으로, 지옥불처럼 매운 마라탕과 화려하지만 공허한 솔라시, 내 취향에 맞지 않는 학원… 그 세계로 돌아오라고 하는 이유. 무슨 이유에서인지 우리 둘의 우정 적합도에 또 변화가 생겼고, 그에 따라 김채린이 변덕을 부리는 모양이었다. 나지안과 다시 잘해 보라며 메이트가 새로운 조언을 내놓지 않았을까. 나와 절교한 것, 백산하를 향한 관심도가 예전보다떨어진 것도 영향을 주었을 테고. 사람이 변하듯 사람 간의관계도 변하게 마련이고, 인간관계가 달라지면 그 데이터를바탕으로 한 메이트의 조언도 달라진다. 채린이는 메이트가짜 준 시나리오에 따라 움직이고 있을 것이다. 은서에게 좀더 특별한 친구가 되고 싶어서 내가 그랬듯이. 그리고 한 가지 더. 채린이는 자기가 싫어하는 은서와 내가 친해지자, 그꼴을 보기 싫어서 나를 자기 쪽으로 잡아당기려 하는지도모른다.

"솔직히 말해서, 강은서는 부스러기를 모아서 쓸어 담는빗자루잖아. 외톨이하고 놀아 주면서 생색내고 자기만족이나 챙기는 애. 다애한테도 그랬고, 효주 얘기 들어 보니까작년에는…."

"내가 부스러기라는 거야, 지금?"

시끌벅적한 교실 한구석에 외딴 점처럼 찍혀 있던 내가 떠올랐다. 그 점 하나를, 군은 식빵이나 과자 테두리에서 떨어져 나온 부스러기라 해도 틀린 말은 아니겠지만… 아니, 아니야. 그렇지 않아. 난 부스러기가 아니다. 누가 너한테 다른 사람을 부스러기라 부르며 모욕할 자격을 줬는데?

"어떻게 사람한테 그런 말을 해? 부스러기? 빗자루? 말 함부로 하지 마!"

이제 와서야 은서를 위해 화를 내는 나. 비겁하고 게으르지만 늦게라도 여기까지 왔으니까. 결석보다는 지각이 낫겠지.

"누가 너한테 부스러기래? 강은서 옆에 있으면 그렇게 보인다는 얘기지. 비유잖아, 비유. 지안아, 넌 걔들하고 달라. 얼른 빠져나와. 우리랑 예전처럼 지내자."

"아니, 싫어."

나는 망설이지 않고 거절했다.

"그러지 말고. 나 벌써 세 번이나 권하는 거야."

"싫어. 싫다고. 나도 세 번 거절했어. 왜인지 말해 줄까?"

채린이 눈은 듣고 싶지 않다고 거절했지만 나는 말해야 했다. 내가 원하는 기회는 바로 이것이다. 바닷바람에 날리고도 속엣말이 남아 있다면, 그 부스러기를 빗자루로 시원스레 쓸어 낼 기회.

"너랑 있을 때 내가 나인 것 같지가 않아서 불편해. 내가 자꾸 무슨 무슨 척을 하는 거 같다고 그랬지? 맞아, 나 솔라시 안 좋아해. 내가 좋아하는 건 스윈이야. 특히 용후. 그리고 마라탕은 1단계 순한 맛이 좋아. 학원보다는 인강이 잘 맞고. 은서랑 있으면 내가 싫어하는 걸 좋아하는 척하지 않아도 돼서 좋아. 관심 있는 걸 관심 있다고 해도 비웃음 당하지 않아서 편해. 너희랑 있으면 그게 안 돼. 너희랑 똑같아지려고 애쓰게 돼서 힘들어. 그래서 난, 예전으로 돌아가기 싫어."

말하면서 생각이 정리됐다. 내가 얼마나 은서를 좋아하는지, 은서가 얼마나 괜찮은 사람인지. 은서는 혼자가 편하다고 말할 줄 아는 사람이었다. 누구에게나 혼자 있는 시간이 필요하다는 사실을 아니까. 그러면서도 누가 혼자 있기 싫어할 때에는 그 옆에 있어 주었다.

채린이 얼굴이 달아오르더니 어느 시점부터는 창백해졌다. 눈꺼풀과 입술이 떨리고 눈동자에서는 불꽃이 일렁거린다.

"나지안, 난 너한테 정말 잘해 주려고 했어. 최선을 다했다고. 그런데 넌 우리를 거짓으로 대했다는 거잖아. 역시 그 런 거였어."

"거짓이었다는 게 아니야. 서로 다른 부분도 억지로 맞추 려다 보니까 힘들었단 얘기지. 나도 너희랑 잘 지내고 싶었 어."

"아닌 척 포장하지 마. 결국 넌 날 이용한 거야. 부스러기 가 되기 싫으니까 나한테 찰싹 달라붙어서 엉긴 거라고. 싫 은 것도 좋은 척하면서 가식 떨었잖아!"

아니라고 부인하고 싶은 충동을 내리눌렀다. 내가 채린이 를 이용하지 않았다고, 채효미 셋에 끼어든 하나가 되어 달 콤한 짝수의 평온을 누리고 싶지 않았다고, 나와는 다른 너 희가 전혀 거북스럽지 않았다고 말할 수 있을까.

"이걸로 얘기는 끝났네. 너랑 백산하 연애 적합도, 그거 나 공유해 줘."

채린이가 휴대폰을 다른 손으로 바꿔 쥐면서 아무렇지도 않은 표정으로 말했다. 새로운 얼굴을 주머니에서 꺼내 바 꿔 쓰기라도 하듯이.

"그건 왜?"

"효주한테 보여 주려고. 너랑 백산하랑 같은 동아리란 거 알고 나서부터 네가 일부러 그러는 거라고 자꾸 그래서 성가서. 효주가 조용해지는 게 너한테도 이득일걸?"

나는 멀찌감치 떨어진 나무에 기대서서 휴대폰을 하는 효주를 곁눈질했다. 길게 궁리하지 않아도, 채린이 말이 맞았다. 효주가 옆에서 이러쿵저러쿵하면 얘도 줏대가 흔들려서 또 무슨 짓을 할지 몰랐다. 조금 전에 보여 준 결과 화면을 캡처했다.

 측정 결과의 캡처 동작을 감지했습니다.
측정 결과를 타인과 공유할 경우,
예상치 못한 갈등 상황이 생길 수 있으니 주의하세요.

메이트가 경고 알림을 띄웠다. 알림창을 지우고 캡처본을 김채린에게 전송했다. 메이트의 경고가 또 뜬다. 이봐, 인공 지능. 지금은 나설 때가 아니니까 잠자코 있어. 네가 모르는 현실의 삶이 존재한다고. 이번 일은 나한테 맡겨 둬.

채린이는 제 휴대폰을 확인하더니 뒤돌아서기 전, 이런 말을 했다.

"이제 기회는 지나간 거야. 후회하지 마."

* * *

2주 뒤 시험 마지막 날, 하굣길.

 은서가 갈림길에서 멈춰 서더니 말했다.

 "나지안! 너, 메이트 안 한다고 했지? 사실이야?"

 사실이라고 하자, 은서는 백산하와 내 연애 적합도를 측
정한 캡처 화면을 내밀어 보였다.

 그 순간, "이제 기회는 지나간 거야."라던 김채린의 말이
떠올랐다.

3장

90%

답은 나도 알지만

그 캡처본, 김채린이나 서효주가 보냈을 거다. 은서 시험 망치게 하려고 그것도 일부러 시험 기간에!

은서는 시험이 다 끝나고 나서야 나에게 캡처 화면을 보여 주며 어떻게 된 일인지 물었다. 되짚어 보니 지난 며칠 동안 평소와 미묘하게 달랐다. 어쩐지 가라앉은 분위기, 말을 걸어도 대답이 한 박자씩 늦고, 잘 웃지도 않고. 시험 기간이라 긴장해서 그런가 싶었는데, 머릿속에 생각이 많아서였나. 은서 자신과 나를, 메이트와 나를 생각했겠지.

은서가 캡처 화면을 내밀던 순간을 떠올리자, 덩어리에서 떨어져 나오기 직전의 지우개 조각처럼 심장이 덜렁거렸

다. 한두 시간 전에 일어난 일이지만 일이백 년이 지난다 해
도 은서에게 들은 말은 잊히지 않을 것 같다.

나는 떨리는 손가락을 심호흡으로 달래 가며, 은서와 어
떤 일이 있었는지 메이트 대화창에 써 내려갔다.

> 은서가 나한테 뭐라 그랬냐면…
> 또치도 메이트가 알려 준 거냐고 그랬어.
> 우리가 한 얘기도 다 메이트가 시키는 대로 한 거냐고,
> 처음부터 앱이 시켜서 자기한테 접근한 거냐고.
> 난 그냥 미안하다고 했어.
> 앱이 시키는 대로만 한 건 아니라고….
> 아 진짜 망했어ㅜㅜㅜㅜㅜㅜㅜ

아까는 머릿속이 하얘졌다가 시커메졌다가 요동쳐서, 알
량한 사과밖에는 떠오르지 않았다.

> (M) 앞으로는 측정 결과를 타인과 공유하지
> 않는 것을 추천합니다.

> 은서한테 들키지 말라고만 했잖아.
> 다른 애들 앞에서도 조심하라고 말 좀 해 주지.

> (M) 제안에 감사드립니다. 설계·조언 능력의 향
> 상을 위해 설문 조사에 참여해 주시겠어요?

나는 설문 조사 링크를 쓸어 넘겼다. 내 코가 석 자인데 인공 지능의 능력 향상에 기여하고 있을 여유가 어딨어. 메이트도 지능만 있을 게 아니라 눈치도 좀 있으면 좋겠다. 이런 긴급 사태에 설문 조사라니.

> 은서는 내 말과 행동이 모두
> 메이트가 알려 준 거라고 생각하나 봐.
> 화난 거 안 풀리면,
> 날 싫어하게 되면 어쩌지?
> 나 이제 앞으로 어떻게 해야 돼?

답은 나도 알았다. 이 앱을 삭제하고, 지금이라도 내 생각과 느낌에 따라 판단하고 행동해야 한다. 하지만 나는 나를 못 믿겠다. 나보다 똑똑한 누군가의 조언이 절실하다. 그 대상이 인공 지능 앱이라 할지라도 나 혼자인 것보다는 나았다. 은서에 관한 정보를 더는 메이트에 제공하면 안 된다는 것도 안다. 알지만, 메이트 없이 홀로서기를 하는 상상만으로도 만 조각짜리 퍼즐을 앞에 둔 듯 막막해진다. 나는 메이트 때문에 생긴 문제를 메이트로 해결하려 들었다. 아니, 아니지. 아직도 정신 못 차렸구나, 나지안. 이 모든 문제는 다 메이트의 조언으로 친구 마음을 얻으려 한 네 탓이라고!

'나지안!'이라고 부르던 은서의 표정과 눈에 어리던 눈물이 떠오른다. 은서는 나를 갈림길에 두고 인사도 없이 가 버렸다. 아아, 내가 바람이라면 어딘가로 휘잉 도망칠 텐데.

(M) 데이터 분석 중….

(M) 데이터 분석 완료.

지안 님이 메이트의 조언을 받은 건 사실이지만, 그 조언 때문에 지금의 상황이 벌어졌다고 단언할 수는 없습니다.

현재의 문제 상황을 해결하기 위한 몇 가지 방법을 제안합니다.

(M) 1. 은서 님에게 시간을 주세요.
생각과 마음을 정리할 시간이 필요합니다.
은서 님은 자신의 감정을 비교적 정확히 파악하지만, 그 감정을 드러내는 데에는 신중한 유형으로 보입니다.
정말 지안 님에게 화가 났다면, 오히려 화내지 않을 것으로 예측됩니다.
그러므로 차분히 기다리세요.

2. 은서 님을 솔직한 태도로 대하세요.
묻는 말에는 사실대로 대답하는 것이 현명합니다. 단, 오늘 일은 예외입니다.
갈등 상황 뒤에 메이트의 조언을 들었다는 사실을 밝히지 마세요.

상대의 경계심을 불필요하게 자극하지 않기 위해서입니다.

3. 좀 더 확실한 안전망을 구축하세요.
다른 기기에 메이트를 설치하고, 집에서만 접속하는 방법을 추천합니다.

(M) 흥분을 가라앉히고 침착하게 행동하세요. 메이트의 설계와 조언을 참고하여 행동한다면 이 일을 계기로 은서 님과 더 잘 지내게 될 확률이 높습니다.

은서를 감쪽같이 속여야 한다는 식으로 나올 때는 언제고 뭐, 이제부터는 솔직해지라고? 그러면서 다른 기기에 메이트를 설치하고 집에서만 접속하라는 조언은 또 뭐야. 좀 더 확실하게 은서를 속이자는 얘기 같잖아.

한참 고민하다가, 홈 화면으로 가서 메이트 앱을 꾹 누르고 '앱 삭제'를 실행했다.

휴대폰에서 메이트가 사라졌다. 나는 인강용 태블릿을 가져왔지만 거기에 메이트를 바로 설치하지는 않았다. 나에게도 생각과 마음을 정리할 시간이 필요했다.

오늘은 금요일, 다음 주 월요일까지 이틀 반이라는 시간이 남았다. 월요일 아침에 어떤 형벌이 내려질까. 무시형? 노려보기형? 절교형? 그럴 리 없지, 은서는 채린이와 다르다. 그래서 더더욱 예상이 어렵다. 화가 나도 화를 내지 않는 은서라니, 그쪽이 더 무서웠다.

주말 동안 끼니도 거르고 침대에 누워 스윈 노래만 들었다. 모든 곡을 들으며 내 심정을 대변할 부분을 찾아서 하나로 이었다.

미안해
네 눈빛에서 고통이 피어나
용서해 줄 수는 없나요?
시간을 되돌리고 싶다고 말했지
부족한 나여서 미안한 거죠

박자와 멜로디와 리듬이 뒤죽박죽, 사지를 이어 붙인 프랑켄슈타인의 애창곡 같은 누더기가 탄생했다. 꼭 내 마음 같았다.

예전처럼 지낼 수 있을까

월요일, 마침내 다가온 형벌의 날에 예상치 못한 상황이 벌어졌다. 은서가 나를 평소와 똑같이 대하지 뭔가!

뒷문으로 들어오는 나를 보고 가볍게 손을 들어 인사하고, 쉬는 시간에 타이밍이 맞으면 화장실에도 같이 가고, 다애와 셋이서 급식을 먹고… 지난 금요일 하굣길에 나눈 대화가 꿈이었나 싶을 만큼 속내를 드러내지 않는 은서였다. 꿈이었다면 좋겠지만 현실이 분명하니 결국은, 은서가 들끓는 화를 억누르고 있다는 결론에 다다랐다. 메이트가 그랬잖아, 화날수록 화내지 않을 성격이라고.

드센 폭풍을 기다리는 고요한 밤에 하늘만 올려다보며

길 한가운데 서 있으면 이런 기분일까. 은서는 나라는 애와 마음을 터놓고 이야기할 가치도 없다고 판단한 것일까. 대강 넘어가자고, 얼마 있으면 졸업이니 그때까지만 견디자고 말이다. 별것 아닌 실수였다고 여긴다면 저토록 감쪽같이 금요일 하굣길을 지워 버리지는 않았겠지. 나는 은서 눈치만 살피며 안절부절못했다.

집에 가려고 가방을 멘 은서를 봤을 때, 드디어 평소와 다른 점을 발견했다.

고슴도치 인형이 없었다. 몇 달 동안 은서 가방에 자리 잡고 있던, 그 특별한 선물 말이다. 녀석이 나 대신 벌을 받았다.

은서는 내가 한 짓을 용서하지 않을 작정이었다. 나라도 그러겠다. 쟤가 나를 속였다고, 가지고 놀았다고 분통을 터뜨렸을 것이다. 절교 아닌 절교를 당한 느낌이 들었다. 정식으로 용서를 구할 엄두가 나지 않는다. 다 쓴 치약처럼 쥐어짜야 나올까 말까 싶던 미약한 용기가 굳어 버렸다.

"난 어디 좀 갈 데가 있어서…"

금방이라도 눈물이 쏟아질 듯해서, 교문을 지나자마자 이렇게 말하고 집과 반대 방향으로 틀었다. 몇 걸음 걷다 보니 뺨을 타고 흘러내리는 눈물. 은서가 또치와 닮은 고슴도치 인형을 쓰레기통에 내던지는 장면이 머릿속에서 반복 재생됐다. 또치를 향한 은서의 애달픈 그리움마저 망가뜨린 것 같아 괴로웠다.

그 뒤로는 최악이었다.

나는 은서를 피해 다녔다. 답을 모르는 시험 문제를 건너뛰고 다음 문제부터 풀듯이, 은서를 건너뛰어 사소하고 잡다한 일상으로 도망쳤다. 이어폰을 끼고 음악을 듣는 은서를 보면 말을 붙일 엄두가 나지 않았다. 난 할 얘기 없는데, 이미 마음 정리가 끝났거든, 하는 친절하고도 냉담한 대답이 돌아올까 봐 두려웠다. 그러면 정말 은서와는 끝일 테니까, 다가서려고 하면 할수록 막다른 길일 테니까. 끝장이 날까 겁나면서도, 얼마 뒤에 시작하는 고등학교 원서 접수에서 은서와는 다른 학교를 써야 하나 고민됐다. 고등학교에서도 이렇게 불편한 관계가 이어지면 어떡하지. 하지만 은서와 이대로 흐지부지 끝나 버리는 결말이 더 나빴다.

"친구랑 또 싸웠어? 태권 쌍둥이네 누나랑도 문제 생긴 거야?"

침대에 앉아 메이트를 설치할까 말까, 태블릿을 노려보고 있으려니 나지훈이 와서 말했다.

"몇 달 반짝 분위기 좋더니 다시 먹구름이야. 집이 우중

충해. 난 태권도장이나 가야겠다."

나지훈은 내가 코끼리든 고인돌이든 집어 던질 무기를 찾느라 두리번거리는 사이, 혀를 메롱 내밀어 보이고는 집 밖으로 내뺐다.

"쪼끄만 게, 뭘 안다고!"

아픈 데를 찌르고 간 동생 욕이나 하며 베개에 얼굴을 파묻는다. 태블릿에 메이트를 설치하고 앞으로 어떻게 하면 될지 물어보고 싶은 충동과, 메이트 없이 자주적으로 좀 살아 보라는 양심이 싸웠다. 몇 달 전까지만 해도 친구 문제는 서툴게나마 스스로 해결해 왔다. 그러다가 망한 적도 여러 번이지만 이런 허방에 빠진 적은 없었다. 인공 지능의 조언과 설계가 없으면 친구 마음도 풀어 주지 못하게 되다니!

손을 뻗어 다른 베개를 집어서 머리를 덮었다. 나라는 애가 이렇다. 갈등이나 위기가 닥치면 눈을 감고 달아난다.

나는 메이트를 재설치하지 않았지만 양심에 귀 기울여 나 스스로 문제를 해결하지도 않았다. 그러기는커녕 내 발로 뒷걸음치며 은서에게서 멀어져 갈 뿐이었다. 급식실에서는 고개를 숙이고 앉아 밥만 먹었고, 하굣길에는 애매한 인사만 허공에 던지고 교문 앞에서 돌아섰다. 한숨을 내쉬며 걷다 보면 보이지 않은 돌부리에 발이 걸린 듯 주춤하게 되었고, 뒤돌아보고 싶어졌다. 뒤돌아보면 은서가 그 자리에 서 있을 것만 같았지만, 어떤 표정일지 짐작이 가지 않았다. 그래서 궁금증과 초조함을 억누르며 앞만 보고 걸었다. 어떤 때는 멈춰 서서 뒤돌아보는 것이 계속 걸어가는 일보다 더 어렵다.

"너희 둘, 왜 그래? 무슨 일 있어? 분위기 엄청 이상해. 체할 거 같아."

수요일 점심시간, 참다못한 다애가 숟가락을 내려놓으며 투덜거렸다. '너희 둘'이라는 말과 달리, 분위기를 망치는 쪽은 나였다. 그러니 나 같은 애는 밥을 먹지 말자. 굶자. 목요일에는 속이 안 좋다며 급식실에 가지 않았다. 5분도 지나지 않아 배 속에서 꼬르륵, 청명하기도 한 소리가 울려 퍼졌다. 일을 이따위로 망쳐 놓고도 꼬박꼬박 배가 고프다니, 정말이지 난 식욕마저 대책이 없구나.

배가 고파 신경질이 나서인지, 5교시 체육 시간에 피구를 하는데 김채린을 보자 성질이 치밀었다. 마침 운명이 던져 준 행운처럼, 공이 내 손아귀로 날아와 안겼다. 아침에 마시고 나온 두유 한 컵 분량의 에너지까지 끌어내어 있는 힘껏 공을 내던졌다. 그 공을 맞고 김채린, 아웃. 체육복에 묻은 먼지를 털며 죽일 듯 나를 노려보면서도 더는 어쩌지 못한다. 네가 그랬구나, 직감이 왔다. 은서한테 일러바친 사람, 너였어. 어차피 서효주 아니면 김채린이었는데도 갈비뼈가 들썩이도록 숨이 가빠지면서 온몸에 열이 뻗쳤다. 쟤는 나한테서 두 번이나 친구를 빼앗아 갔다. 처음에는 김채린 자신, 두 번째는 은서. 은서의 경우는 쟤 잘못만이 아니라는 걸 알면서도, 커다란 공이 되어 김채린에게 달려들고 싶었다.

누가 내 어깨에 손을 얹는다. 고개를 돌리니, 은서였다. 코로 숨을 뿜으며 씩씩거리는 나를, 반 아이들이 지켜보고 있다. 그제야 성질 나쁜 피구 공이 되겠다는 희망 사항에서 벗어나 숨을 골랐다. 은서에게 정신 차리게 해 줘서 고맙다는 말이라도 했어야 하는데, 내 감정에만 빠져 허우적대느라 그 작은 기회조차 놓치고 말았다.

그날 하교 시간.

교문 앞에서 은서가 나보다 먼저 방향을 틀더니 집과는 반대편으로 걸어갔다. 내가 은서를 피해 도망치던 쪽으로. 잠깐만, 네가 거기로 가면 나는 어쩌라고? 어안이 벙벙해져서 허둥대다가, 은서 뒤통수에 대고 물었다.

"어디 가?"

"바다 보러!"

그러더니 멈춰 서서 돌아보며 묻는다.

"같이 갈래?"

나는 대답 없이 은서를 쫓아갔다. 지금이 아니면 다시는 은서와 터놓고 이야기할 기회가 없을지도 몰랐다. 우리는 어중간한 거리를 두고 앞뒤로 서서 걸어갔다.

오래된 부두, 늦가을 바다가 나왔다.

자전거 탄 할아버지가 옆구리에 끼고 가던 개도, 개펄에서 나와 인도를 뿔뿔 기어가던 게도 없이, 빈 배와 빈 바람과 빈 파도뿐. 차갑게 푸르른 하늘이 나를 보고 한숨을 내쉬었다.

은서는 커다란 모형 배로 올라갔다. 별수 없이 나도 따라갔다. 바다로 나갈 일이라고는 영영 없을 배에 탑승했는데도, 거센 바람이 몰아치자 제법 파도 타는 기분이 난다.

"나한테 화났지?"

바람에 등 떠밀려 물었다.

"그랬었지, 처음엔."

"지금은 어떤데?"

"잘 모르겠어. 전반적으론 슬픈데 좀 웃기기도 해. 뭐 별일 아니잖아, 싶다가도 그래도 이건 아니지 싶고. 나도 내가 어떤지 잘 모르겠어."

은서도 나처럼 혼란스러운 나머지 갈팡질팡하며 헤매는 중일까? 그래서 더더욱 아무렇지도 않은 척 행동했고? 은서 마음속은 필기도구가 가지런히 정리된 필통처럼 오차 없이 질서 정연할 줄로만 알았다. 메이트는 은서가 자기 감정을 정확하게 파악한다고 했는데, 언제나 그렇지만은 않은 모양이다. 은서도 자기 자신을 몰라 당혹스러울 때가 있다. 지금처럼.

"미안해, 은서야. 정말 너무 미안해."

"왜 그런 거야?"

"너한테 좀 더 특별한 친구가 되고 싶었어. 그래서 그랬어."

"특별한 친구? 그게 뭔데?"

"그건 그러니까, 마음이 좀 더 가는 친구… 그런 거."

"그럼 넌? 넌 날 특별한 친구로 생각하긴 했어?"

이럴 때 자신만만하게 당연하다고 외치지 못하고 변명이나 주절거리는 나.

"내가 인간관계에 소질이 없는 거 같아서 메이트를 시작했어. 그러다 보니까 점점 더 의존하게 됐고. 이런 말 어이없겠지만 널 속일 생각으로 그런 건 아니야. "

"나라면 안 그랬겠지만 무슨 말인지는 알겠어. 넌 내가 아니니까, 너랑 난 다르니까."

이런 상황에서도 더 따지려고 들지 않는 너그러움이 오히려 더 고통스러웠다. 은서의 말과 표정과 눈빛이 펄펄 끓인 설탕물처럼 한 방울씩 떨어져, 내 마음에 파인 자국을 냈다. 너랑 난 다르니까, 그 말이 지금 막 생긴 상처를 건드린다.

"너라면… 어떻게 했을 건데?"

"최소한 메이트를 쓰지 않는다는 거짓말은 안 했겠지."

"내가 메이트를 쓴다고 했으면, 날 안 좋게 생각했을 거 잖아."

"아니, 안 그래. 그건 취향일 뿐이잖아. 그냥 그렇구나, 했을 거야. 하지만 내 정보를 앱에 입력하지는 말아 달라고 부탁했겠지. 넌 아마 내 부탁을 들어줬을걸? 그러면 고슴도치 인형은 못 받았겠지만."

마지막 말이 고슴도치 가시처럼 심장을 찔렀다. 고슴도치 인형을 어떻게 했느냐고 물어보지는 못하겠다.

"모든 일을 다 메이트가 하라는 대로 한 건 아니야. 처음 엔 잘 몰랐는데 보면 볼수록 널 좋은 애라고 생각하게 됐고, 그래서 너랑 더 친해지고 싶었어."

"그래도 중요한 건 앱이 알려 주지 않았어? 고슴도치 인형도 그래. 휙 스쳐 가는 영상에서 힌트를 찾았다고 해서 놀랐는데, 앱이 낸 아이디어였을 거라고 생각하니까 이해가 갔어. 프리마켓에서 만난 것도 우연 아니었지? 이번에 되짚어 보니까 알겠더라고, 눈치챌 만한 부분도 내가 모르고 넘어갔다는 거. 2학기 첫날 내 옆자리에 앉겠다고 한 것도 메이트 조언이었어?"

나는 망설이다가 고개를 끄덕였다. 은서가 묻는 말에 솔직하게 답하라고 한 메이트의 조언이 아니었다면 그마저도 하지 못했을 행동이다. 처참하다. 나지안은 이 세상에서 가장 끔찍한 인간이다. 후하게 쳐 봤자 두 번째로 끔찍한 인간.

"오늘 이렇게 따라온 건? 이것도 메이트가 시켰어?"

"아니야, 은서야. 나, 그 앱 지웠어."

삭제하기는 했으니 거짓말은 아니다. 하지만 그동안 메이트에 제공한 정보, 인공 지능과 나눈 대화, 우정 적합도를 측정한 결과, 각종 시뮬레이션 영상은 서버에 저장되어 있다. 앱을 삭제했을 뿐 회원 탈퇴는 안 했으니까.

"은서야, 나는 우리가 예전처럼 지내면 좋겠어. 다시 그럴 수만 있다면…."

채린이가 찾아와 예전처럼 지내자고 한 얘기가 떠올라 고개가 꺾였다. 나는 비굴한 애일까, 뻔뻔한 애일까. 나를 가만히 바라보는 시선이 귓가에 와 닿았다.

"네 말을 어디부터 어디까지 믿어야 할지 모르겠어. 믿고 싶은데 그게 잘 안 돼."

"나도 알아. 이제 우리 사이에 벽이 있다는 거."

"그 벽을 누가 세운 건데? 너잖아."

고개를 들자, 내 앞으로 바람이 지나갔다. 우리 둘 사이에 놓인 시공간이 바람에 베여 서로 다른 차원으로 분리된다. 두어 발짝 떨어진 은서와 나, 그 거리감이 아득하고도 까마득했다.

* * *

백산하

새별중 나지안 맞아?
나 백산하야.

또 베개 무덤에 머리를 파묻고 소리 없이 울부짖고 있는데, 내 번호를 어떻게 알았는지 백산하가 메시지를 보내왔다.

맞는데 왜?

백산하

쌤이 이번 주 토요일에 인공 암벽장 간다
고 했잖아. 너도 갈 거지?

몰라, 안 가. 귀찮아! 답을 다 쓰기도 전에 다음 메시지가
왔다.

백산하

알아봤는데 거기, 완등하면 성취감 장난 아니래.
꼭대기에서 보는 풍경도 완전 멋있어서 속이 다
시원해진다던데?

속이 시원해진다고? 돌덩이가 들어앉은 듯 무겁고 답답
한 이 마음이?

휴대폰 화면을 바라보다가, '몰라, 안 가. 귀찮'까지 쓴 문
장을 끝에서부터 지웠다.

벽과 길

백산하가 저 멀리서부터 나를 알아보고 두 팔 들어 흔든
다. 난 창피해서 고개를 숙이고 걸음만 빨리했다. 약속 장소
인 지하철역 앞이었다.

"지안이 왔구나. 이제 다 모인 거지?"

선생님 말씀에 주변을 둘러보니 동아리 애들은 나까지
여섯 명이었다. 남은 한 명은 사정이 있거나 마음의 준비가
안 된 모양이다. 나만 해도 완등하면 속이 시원해질 거라는
말이 아니었으면 오늘 활동에 참가하지 않았을지도 모른다.

"수련원까지는 지하철 한 번 갈아타고 50분쯤 걸릴 거야.
참, 오늘 너희들 도와줄 선생님을 한 분 모셨어. 내 후배인

데 이따가 수련원에서 만나면 소개할게. 자, 출발하자."

승강장에서 지하철을 기다리자니 졸리고 추웠다. 토요일
에는 이렇게 일찍 일어나서 움직이는 경우가 드물다. 손으
로 입을 가리고 연거푸 하품하는 내 옆에 백산하가 눈치도
없이 따라붙어 조잘거린다. 오늘따라 바람을 과도하게 넣
은 축구공처럼 들뜬 상태다.

종착역 근처인 데다가 토요일 아침이라 열차 안이 텅 비
다시피 했는데도 백산하는 내 옆에 자리를 잡았다. 얘랑 알
콩달콩 지내라는 둥 김채린이 한 말이 떠올랐지만 애써 내
면의 콧방귀를 뀌었다. 맘대로 떠들라지, 무슨 상관이야. 이
제 걔는 내 인생에서 핵심 인물이 아니다. 문제는 은서였다.
날 어디부터 어디까지 믿어야 할지 모르겠다던 은서를 생각
하자, 슬프고 갑갑한 마음에 콧속이 찡해지면서 눈물이 핑
돌았다.

"감기 걸렸어? 휴지 줄까?"

코 훌쩍거리는 소리쯤은 흘려듣든가 못 들은 척이라도
해 주면 좋으련만, 알은척하고 나서는 백산하.

"비염이라서 그래. 괜찮아."

두 눈을 부릅뜨고 건조한 히터 바람에 눈물을 말렸다.
다행히도 위기를 넘겼다.

피곤한데도 은서 생각에 잠이 오지 않았다. 옆을 보니 백산하는 휴대폰으로 클라이밍 영상과 축구 영상을 번갈아 보는 중이다. 5분쯤 지났을까, 휴대폰을 손에 쥔 채 졸다가 내 쪽으로 기운다. 나는 어깨에 힘을 주고 걔 머리를 튕겨 냈다. 그러다가 나도 깜빡 잠이 들었나 보다. 이상한 느낌에 눈을 뜨니, 이번에는 내가 백산하에게 몸을 기울이고 있다. 잽싸게 몸을 바로 하고는 가방을 챙겼다. 환승역이었다.

청소년 수련원은 지하철역에서 마을버스를 타고 10분쯤 가면 나오는 숲에 있었다. 겨울이 코앞인데도 솔잎이 푸르렀다. 숲 사이로 뻗은 오솔길을 걸어가자, 붉은 벽돌로 지은 건물이 보였다. 그리고 그 옆에 우뚝 솟은 인공 암벽장.

"저거야, 저게! 오늘 오를 암벽!"

백산하가 소리쳤다. 누가 모르나, 싶으면서도 긴장감에 졸음이 달아났다. 영상과 사진으로 구경했을 때보다 더 크고, 더 높고, '어디 한번 도전해 볼 테냐?' 하듯 표면이 우락부락 울퉁불퉁했다. 암벽 뒤는 소나무 숲, 하늘로는 구름이 흘러 다닌다. 은서와 나 사이에 도사린 벽도 저렇게 높고 막막할까? 우리 사이에 생긴 거리감을 부정할 수는 없는 일이었다.

"여기 이분은 아까 내가 말한 선생님. 인사 나누자."

선생님은 수련원에 먼저 도착해 기다리고 있던 다른 선생님을 소개해 주었다. 등 뒤로 머리카락을 늘어뜨려 묶고, 웃을 때마다 두 눈이 반달 모양으로 휘는 분이었다. 백산하는 하늘에서 줄을 타고 내려온 곽빛나 선수라도 본 듯 선생님을 우러러보았다. 그 눈부셔하는 표정에 피식 웃음이 나왔다. 그렇게라도 웃고 나니 긴장이 조금 풀려서, 준비 운동과 스트레칭은 한결 가벼운 마음으로 했다.

안전모와 안전벨트, 줄과 장갑 등 수련원에서 빌려주는 장비를 착용하고 암벽화는 내 것을 신었다. 얼마 전부터 동아리 활동 때마다 리드 클라이밍에 관해 배웠지만, 실전이 닥치니 머릿속이 하얘졌다. 아무것도 모르는 사람처럼 무섭고 떨린다. 기껏 긴장을 풀어 놓은 몸이 경직됐다. 선생님은 리드 클라이밍의 기초와 주의점을 재차 설명해 주고는 덧붙였다.

"오늘은 초보 코스를 체험할 거야. 너희들 실력이면 충분하니까 자신감 있게 해. 저기 보이는 직선로가 쉬운 코스야. 그중에서도 왼쪽부터 하, 중, 상으로 구별되어 있으니 원하는 난도로 선택하면 돼. 나랑 여기 계신 선생님이 줄을 잡아 줄 테니까 두 명씩 올라 보자. 먼저 해 볼 사람?"

말이 끝나기도 전에 백산하가 손을 들었다. 나도 눈치를 살피다가 손을 들었다. 다른 애들이 등반하는 모습을 보면 더 떨릴 것 같다. 차라리 첫 번째 순서가 낫겠다.

나는 하 코스, 백산하는 한 단계 건너 상 코스. 내 줄은 우리 선생님이, 백산하 줄은 일일 지도 선생님이 잡아 주기로 했다. 백산하는 눈에 띄게 기뻐하며 암벽을 오르기 시작했다.

나도 시작한다.

경사도가 없는 직각 벽인 데다가 초보 등급 중에서도 쉬운 코스였고, 홀드도 수월한 위치에 배열되어 있었다. 뭘 겁냈나 싶을 정도로 웬만큼 속도까지 내며 올라갔다. 한 학기 동안 빠지지 않고 동아리 활동에 참여하며 체력을 키우고 기초를 익힌 덕분이었다. 잘하고 있다면서 격려하는 선생님 목소리에도 힘이 났다. 불어오는 찬 바람마저 시원하다.

그러나 중간 지점쯤 되었을까, 난관이 닥쳤다. 다음 홀드로 이동하기 전에 무슨 생각이었는지 고개를 들어 아래쪽을 보았고, 그것이 실수였다. 바닥을 내려다보자 내가 얼마나 높이 올라왔는지 가늠이 되면서 덜컥 겁이 났다. 다음 홀드를 잡아야 하는데 손이 떨어지질 않았다.

"선생님, 저 못 하겠어요. 무서워요."

고전하던 내가 소리쳤다.

"지안아, 괜찮아. 거의 다 갔어. 연습한 대로만 하면 돼. 그 위쪽 노란색 홀드를 잡아."

노란색 홀드로 손을 뻗는데, 몸의 중심이 무너진다. 홀드는 간신히 잡았지만 나도 모르게 울먹거리는 목소리가 나왔다.

"전 못 해요. 못 하겠어요."

전진은 둘째 치고 후퇴조차 막막했다. 홀드를 놓고 떨어져도 선생님이 줄을 당겨 잡아 준다고는 했다. 그렇지만 허공에 매달린다고 상상하니 팔다리가 후들거리도록 두려웠다. 좁은 통 안에 갇힌 듯 숨이 가빠지고 식은땀이 흐른다.

"나지안, 심호흡해, 심호흡! 몸을 벽 쪽으로 더 바싹 붙이고 다시 해 봐. 여기까지 왔는데 완등을 놓칠 거야?"

저만치 올라간 백산하가 내 쪽으로 외쳤다. 나도 이 두려움을 이겨 내고 암벽 꼭대기에 올라 주변 풍경을 보고 싶었다. 여기서 포기해 버리면 꽉 막힌 속이 영영 풀리지 않을 것 같았다. 벽에 몸을 밀착한다. 그대로 한 호흡 쉬면서, 동아리 활동 때마다 들은 설명을 떠올렸다. 수없이 반복한 기본자세도 되새겼다. 이를 악물고 다음 홀드로 팔을 뻗는다.

솔직히 말하자면, 그다음부터는 어떻게 올랐는지 모르겠다. 한 홀드, 한 홀드 손자국과 발자국을 찍듯 거치다 보니 완등이었다. 꼭대기에 먼저 도착한 백산하가 웃으면서 손을 흔들었다. 이번에는 그 알은척이 반가웠다.

백산하가 가리키는 곳을 바라보자, 바다였다. 우리 동네가 있는 바다가 한눈에 들어왔다. 하늘만큼이나 넓고 파랗다. 장난감처럼 작게만 보이는 배 한 척이 지나간다. 은서와 함께 올라갔던 모형 배가 생각났다. 불어오는 바람에 머리카락이 나부낀다. 나지안 여기 왔다 감, 하며 흔드는 깃발처럼.

"난 나중에 북한산 인수봉도 꼭 등반해 볼 거야. 정상까지 줄을 타고 한 발짝씩 오른다고 생각해 봐. 진짜 멋지지 않냐?"

백산하가 말했다. 얘한테는 이곳이 끝이 아니라 미래의 시작인가 보다.

어쩌면 나도 그렇지 않을까.

단단히 가로막힌 듯 보이는 벽도 때로는 길이 되는 것 같다. 그 앞에서 겁을 내고 달아나지만 않는다면 말이다. 그리고 그 길은, 새롭거나 낯선 것이 아니라 원래부터 알던 익숙한 모양일지도 모른다. 이 암벽만 해도 체육관 암벽과 같은 방법, 같은 자세로 올라왔다. 은서에게 가는 길을 내가 이미 알고 있다는 생각이 들었다.

이마에 맺힌 땀을 닦으며 바다를 내다보았다. 과연 멋진 풍경이었다. 간만에 속이 시원해질 만큼.

등반을 마치고 지하철역으로 돌아가는 오솔길, 백산하가 작은 돌멩이를 주웠다. 눈과 입 모양으로 구멍이 파여서, 꼭 웃는 얼굴처럼 보이는 돌멩이였다. 암벽에서 내려올 때 내 표정처럼 말이다.

"너 줄까?"

탐난다는 티를 너무 냈는지, 백산하가 말했다. 웃는 돌멩이라니 쉽게 오는 기회가 아닌 듯해서 냉큼 받고 싶었지만 그랬다가는 얘가 두고두고 생색내겠지.

"며칠만 빌려줄래? 월요일에 돌려줄게."

"이걸 뭘 빌려 가. 그냥 가져도 돼."

"아니야, 돌려줄 거야."

고집을 부리고는 돌멩이를 받아서 가방 안주머니에 넣었다. 주머니 지퍼를 채우면서 생각해 보니 아까 도와줘서 고맙다는 말을 못 했다. 지금 말하기도 민망하고, 나중에 적절할 때 아이스크림이라도 하나 사 줘야겠다.

집에 도착하자 휴대폰에 메이트를 설치했다. 해야 할 일이 있었다.

잠깐! 탈퇴하시면 그동안 쌓아 온 데이터와 기록이
모두 삭제되어 복구가 불가능합니다.
그래도 탈퇴하시겠습니까?

예   아니요

'예'를 눌러 탈퇴했다. 앱도 다시 지웠다.

나도 모르게 참고 있던 숨이 터져 나왔다.

* * *

"어때? 잘돼 가?"

교실 앞에서 신발을 갈아 신는데 채린이가 다가와 말을
걸었다. 또 백산하 얘기인가? 암벽장에서 3학년 2반 나지안
이 무서워서 울 뻔했다고 소문이라도 내고 다니는 거냐, 백
산하! 그런데 그게 아니었다.

"똑똑하고 정의롭고 환경을 사랑하는 새 친구와 행복하
게 지내나 궁금해서."

은서 얘기였다. 요즘 서먹서먹한 우리 사이를 눈치챘을
텐데도 이런다. 다 아니까 오히려 더 그러는지도.

"무슨 상관이야?"

내 나름대로 최선을 다해 쏘아붙였지만.

"내가 너처럼 위선적인 애를 싫어하다 보니까 한마디 안 할 수가 없네. 겉 다르고 속 다르면서 착한 척하는 애 말이야. 강은서도 눈치챘을걸? 아무튼 잘해 봐, 지안아. 행운을 빌게."

김채린은 상큼하기까지 한 웃음을 지어 보이고는 자리를 떠났다.

내가 정말 그런가? 겉과 속이 다른 위선자인가? 등교하고 5분도 지나지 않았는데 급격히 피곤해져서, 신발장에 얼굴을 묻고 엎어졌다. 베개가 없으니 급한 대로 구름이라도 가져다가 은신처를 만들고 싶다. 습관처럼 메이트를 켜려다가 그거 지웠지, 깨닫는다. 비장하게 회원 탈퇴까지 했으니 나 스스로 해결하는 수밖에.

교실 문을 열고 들어가서 은서에게 걸어갔다. 이것이 내가 아는 길, 내가 선택한 방법이다.

이어폰을 끼고 다이어리를 뒤적이던 은서가 나를 봤다. 나는 재킷 주머니에서 주먹 쥔 손을 꺼내어 책상 위로 가져갔고, 은서는 이어폰을 뺐다.

"은서야, 이거."

다이어리 위에서 손을 펼치자 톡, 하는 소리와 함께 놓이는 돌멩이. 지난 주말에 백산하에게 빌려 온, 웃는 돌멩이다. 그런데 하필이면 뒤통수 쪽으로 떨어져서 얼굴이 보이지 않았다. 나는 황급히 손가락으로 돌멩이를 굴려 눈과 입이 보이게 했다.

"어? 웃는 얼굴이네!"

은서 쪽에서는 입이 위로 가고 눈이 아래로 가게 보일 텐데도 알아봐 줬다.

"나 주는 거야?"

은서가 돌멩이의 위아래 위치를 바꾸더니 물었다.

"주운 사람한테 돌려줘야 돼. 너한테 보여 주고 싶어서 잠깐 빌려 왔어."

"빌렸다고?"

"이런 거 빌리고, 나 좀 이상한가…?"

"글쎄, 사람은 다 이상한 거 같아. 괜찮은 이상함인지, 불쾌한 이상함인지, 그런 차이는 있겠지만."

그렇다면 나는 되도록 괜찮은 이상함이길 바랄 뿐.

은서가 잠깐만, 하더니 종이 위에 놓인 돌멩이 테두리를 펜으로 따라 그렸다. 돌멩이를 치우자, 다이어리 귀퉁이에 돌멩이 그림이 생겼다. 은서는 그 윤곽선 안에 웃는 모양으로 눈, 코, 입을 그렸다.

내가 킥, 웃자 은서도 풋, 웃었다. 확실히 우리, 좀 이상한 듯. 쟤들 뭐 하는 거야, 하고 노려보는 김채린 눈빛만 봐도 그렇다. 사람은 다들 조금씩은 이상하고, 어떤 사람은 자신의 이상함을 약점이나 허점이라고 걱정한다. 그래서 그 구멍을 메우려고 이런저런 방법을 시도한다. 내가 찾았던 방법은 메이트다. 하지만 앞으로는 어떤 상황에서든 내 두 다리로 걸어서 은서에게 다가갈 것이다.

"고슴도치 인형, 버렸어?"

돌멩이를 재킷 주머니에 넣고 물었다. 이제는 알 때가 된 듯해서.

"또치 닮은 인형을 왜 버려."

"그러면?"

"인형 고리가 고장 났어."

"아…."

"지안아, 나한테 시간을 좀 줄래?"

"생각과 마음을 정리할 시간?"

"응. 고리를 고칠 시간이 필요해."

그 말에 고개를 끄덕이고 내 자리로 돌아왔다. 다이어리를 들여다보는 은서의 뒷모습이 보였다. 그래, 누구든 혼자 있는 시간이 필요하다. 은서도, 나도.

나는 창밖으로 시선을 돌렸다.

중학교 생활의 마지막 한 페이지에 조그만 돌멩이처럼 놓인 하루였다.

에필로그

나는 돌멩이를 갖고 자리로 돌아온다. 필터를 적용하듯
머리부터 발까지 서서히 메이트 속 아바타로 변하는 나. 은
서도 아바타로 바뀐다. 교실을 둘러보자 다른 아이들도 아
바타가 되어 있다. 채린이 아바타와 눈이 마주치는가 싶었
는데, 어디에선가 알람이 울린다.

눈을 떴다.

베개 옆에서 휴대폰 알람이 울리고 있다. 꿈이었구나. 휴
대폰을 확인했다. 메이트는 당연히, 지우고 없다. 맞은편 거
울에 비친 나도 당연히, 아바타가 아니라 사람이다. 고등학
교 예비 소집일 아침에 이상한 꿈을 꾼 나지안. 당연한 일인

데도 안도의 한숨이 나왔다.

화장실로 가서 차가운 물로 얼굴을 적시니 정신이 맑아진다.

두유를 마시고 이를 닦고 학교로 출발. 올해 입학하는 학교는 새별중 애들이 가장 많이 지원하는 곳이다. 급식이 맛있기로 소문난 학교라서 그렇다. 급식도 급식이지만 나는, 그곳에서 만나야 할 사람이 있었다.

1월 말의 추위를 뚫고 도착한 학교는 예비 입학생과 학부모로 북적거렸다. 가족 단톡방에는 잘 다녀오라고, 오늘은 일찍 퇴근할 테니 삼겹살이나 갈비를 먹자고 엄마가 메시지를 보내 놨다. 나지훈이 '난 둘 다!'라고 답을 단다. 얘도 올해 중학교에 진학하니까 얼마 뒤에 또 고기 파티가 열리겠군.

학교 곳곳에 붙은 안내문을 따라 강당으로 갔다. 넓고 천장이 높은 실내에 웅성거리는 소리가 가득했다. 안쪽으로 들어가려는데 누군가 팔을 잡는다.

"소라야! 소연아!"

소 자매였다. 다 같이 이 학교에 지원하기로 2학년 때 마음을 모았었지. 이제는 아무도 찾지 않는 우리 셋의 단톡방이 떠올랐지만 오랜만에 소 자매를 만나니 그저 반갑기만

했다.

"오늘 반 배정은 안 하는 거지?"

"나중에 홈피에 뜬대."

"다들 같은 반 되면 좋겠다!"

나도 친구들과 같은 반이 되면 좋겠다. 그러면 또다시 다 가올 3월 2일이 덜 두렵겠지. 하지만 이제는 안다. 소 자매와 같은 반이 되지 않는다 해도, 우리 반에 아는 얼굴이 없다 해도, 내가 그 시기를 어떻게든 헤쳐 나갈 것임을.

강당을 둘러보자, 새별중 아이들이 눈에 들어왔다. 솔라시 포카를 구경하는 채효미도 보이고, 백산하는 축구공이라도 넣어 왔는지 가방이 불룩하다. 안경테를 바꾼 듯한데 잘 안 어울리지만 쟤 취향이라면 존중하겠다.

이때, 은서가 출입문으로 들어왔다. 나는 은서 쪽으로 한 발을 내디뎠다.

특별한 친구를 사귀는 방법을 알려 드릴게요!
우정 시뮬레이션을 시작하시겠습니까?

예　　아니요